ARU MENG

孟耿如

不想往前
是為了
給你來夢裡的空間

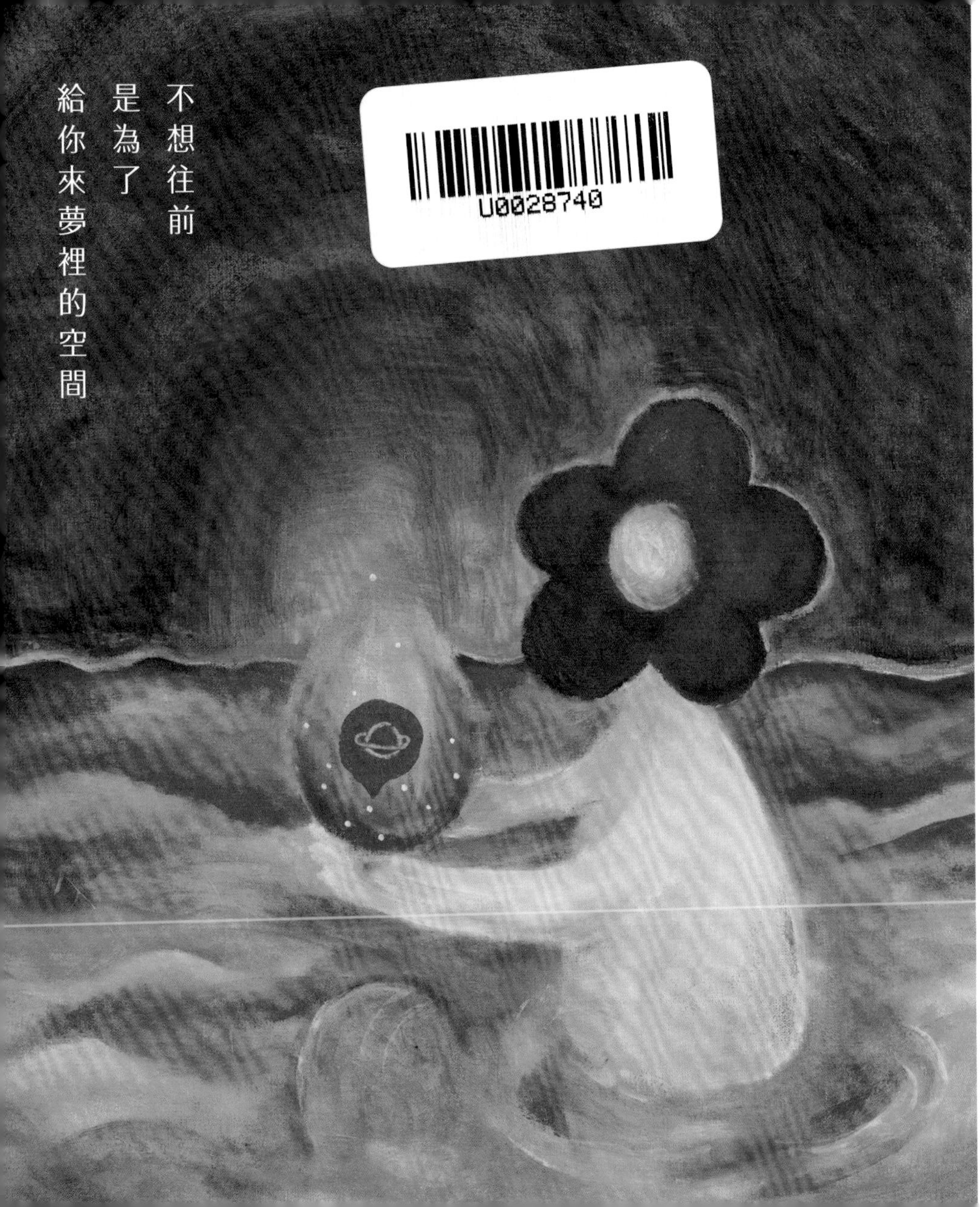

CONTENTS

CHAPTER 01 療傷 04

CHAPTER 02 眷戀 46

CHAPTER 03 人生 90

CHAPTER 04 後記 132

CHAPTER

01

療傷

肉體的傷需要止血、清理、上藥，
等待癒合，心裡的傷也是。

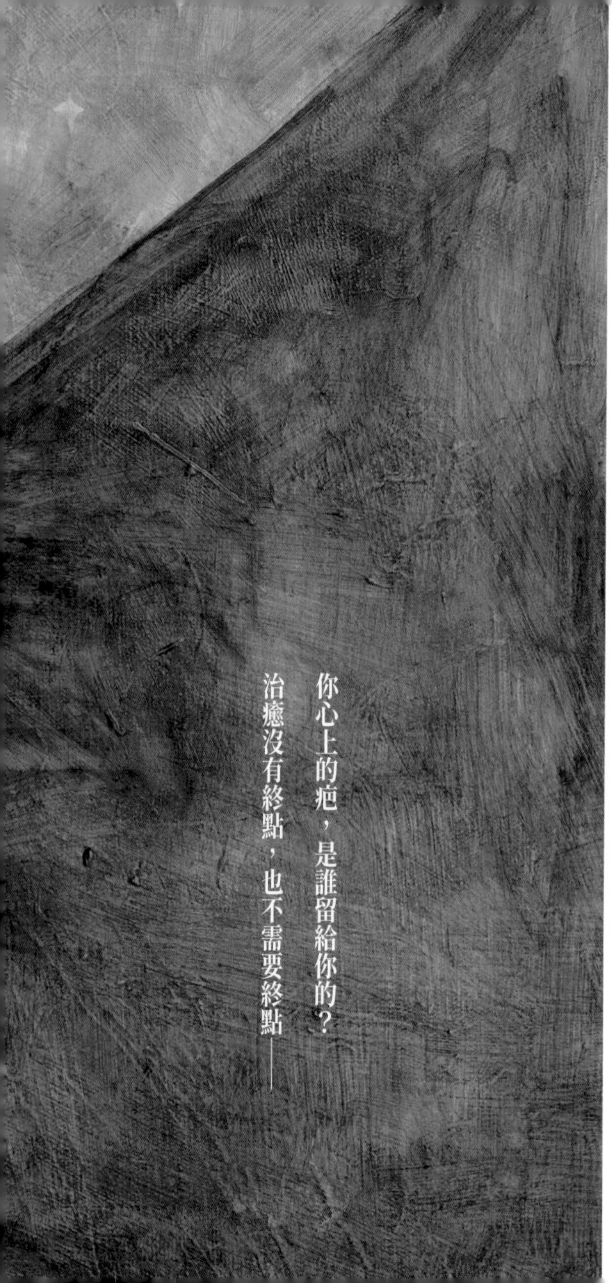

你心上的疤，是誰留給你的？
治癒沒有終點，也不需要終點——

步驟1

止血

小而淺的傷口，
通常很快就能夠止血，
若傷口過大或較深，
請用乾淨的布或繃帶輕壓傷口。

我們用聊傷來療傷吧

療傷比受傷難
受傷來得突如其然
而療傷卻有著沒有終點的心煩

好比在游泳池
你走得愈來愈深
就當水快要淹沒自己時
卻以為自己還夠高

好比自己看著刀傷的血就這麼流下
才發現
啊　原來我已經受傷了

受傷不能置之不理
卻也沒有治療的配方
如果有的話
我們就不會害怕療傷了

我最不會安慰受傷的人了
大概是因為我也不想被安慰吧

讓我自己輕壓傷口
讓我好好地感受
感受輕壓時的孤單和刺痛

就像這世界澆熄了一株我以為一直都會燃燒著的火光
熄滅後碳黑色的那頭還在嗶啵嗶啵地作響
留下我聞著殘餘的味道
像焦糖

我們忙著接受你突然的致命一擊

忙著理解

忙著感受

忙著思考為什麼

沒有為什麼

就像離別總是一而再再而三地侵蝕著我們

即便一切都那麼地不公平

別急

你怎麼知道不公平

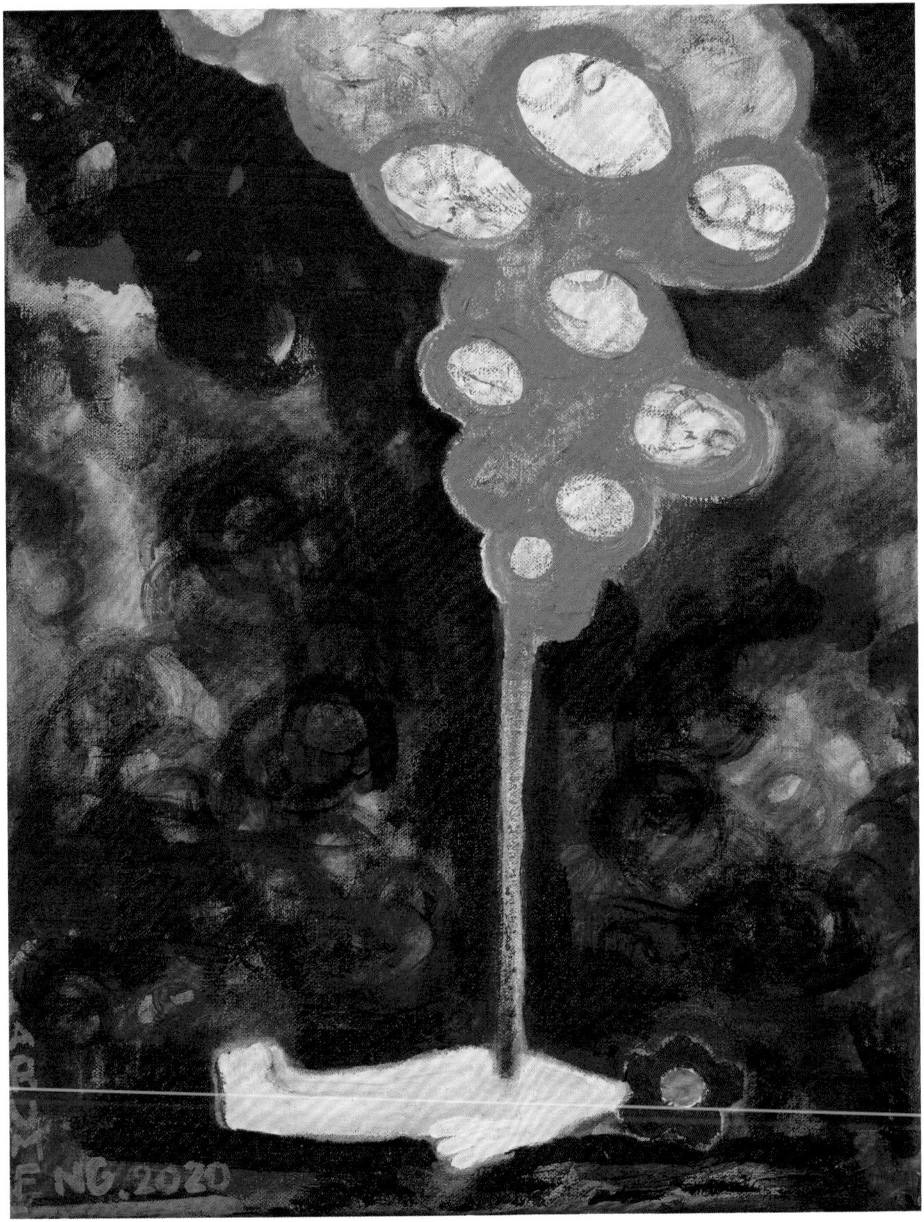
NG.2020

我好像不該吃東西
我好像沒有享受快樂的權利
總會有種被害者心態
越可憐我就越值得被同情

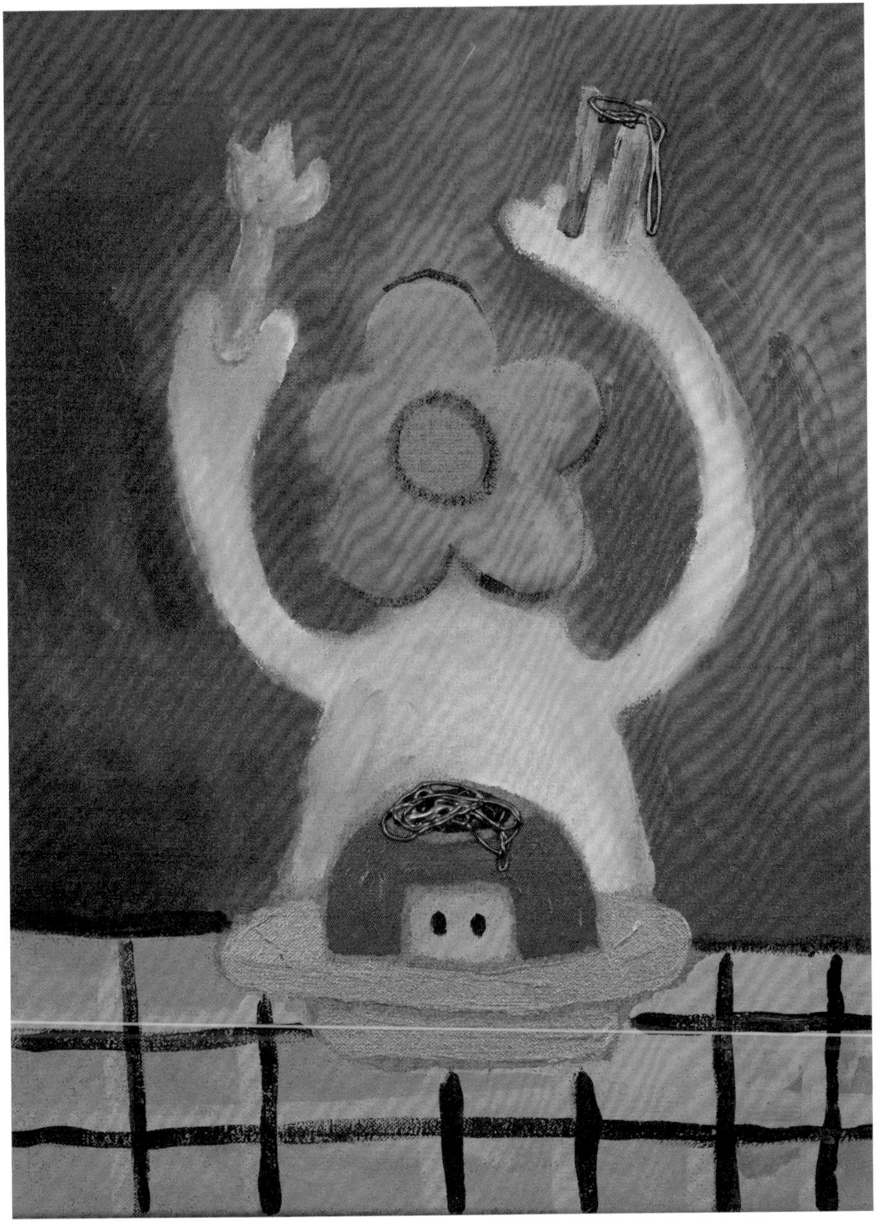

都已經這麼悲傷了

我應該……

根本應該想哭就哭想吃就吃

步驟2

清理

用棉棒沾水，
輕輕地由中心往外擦拭，
傷口內有泥沙或小石頭等異物時，
請以生理食鹽水沖洗。

有時候會有點痛
在你沖洗我的時候
好像把原本屬於我的那一塊
順著傷口流到冰冷的流理臺
再隨著漩渦捲進　唉
刺刺的
但沒關係
有天你會跟刺刺完美契合
他像是你每天都需要共處的記憶
不是那麼舒服
卻又那麼想留著的棲息地

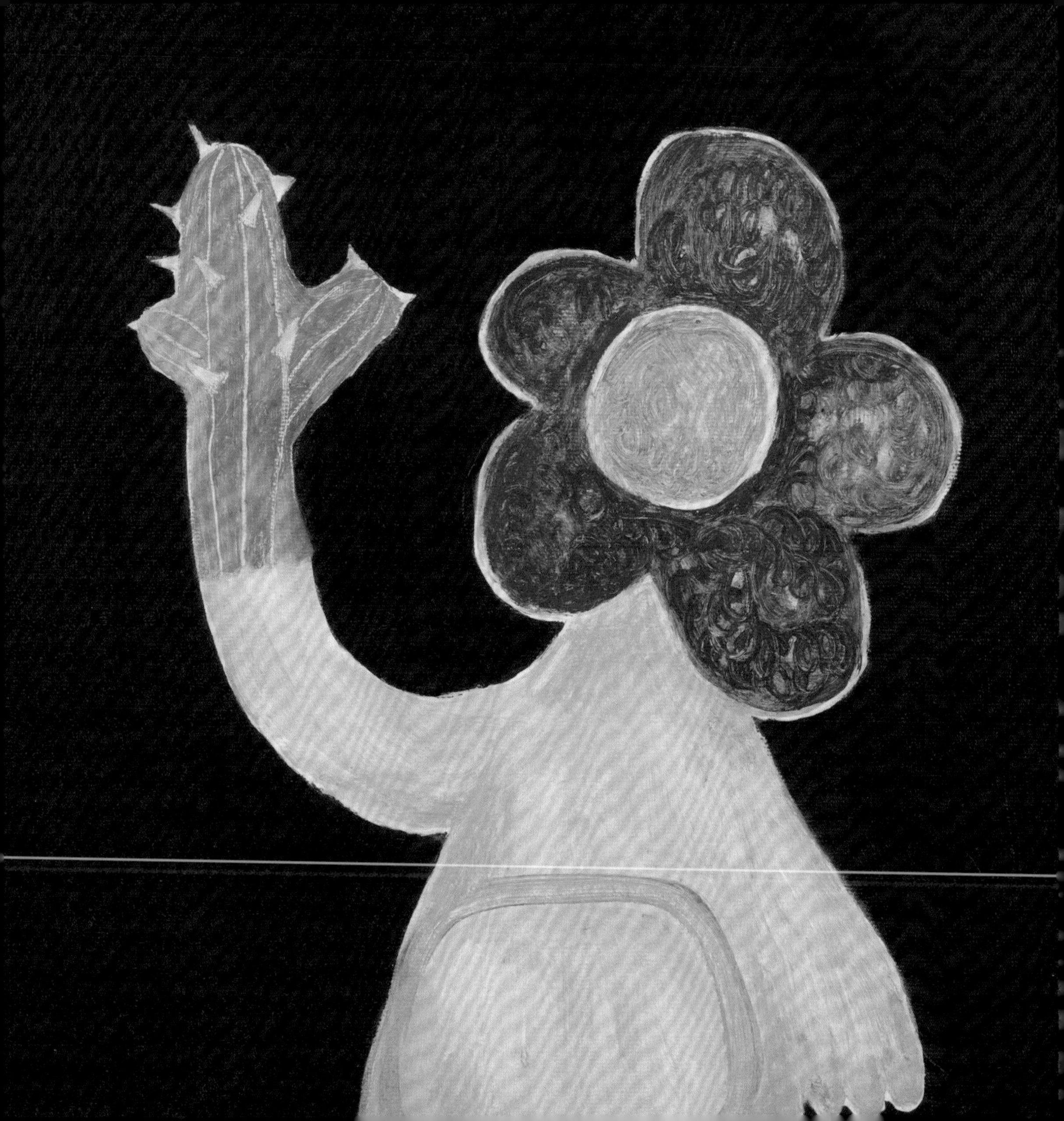

像有著毒癮般
一次又一次
我接受了這樣的自己
我接受了你的離開

打從心裡地接受
快樂
是你的選擇

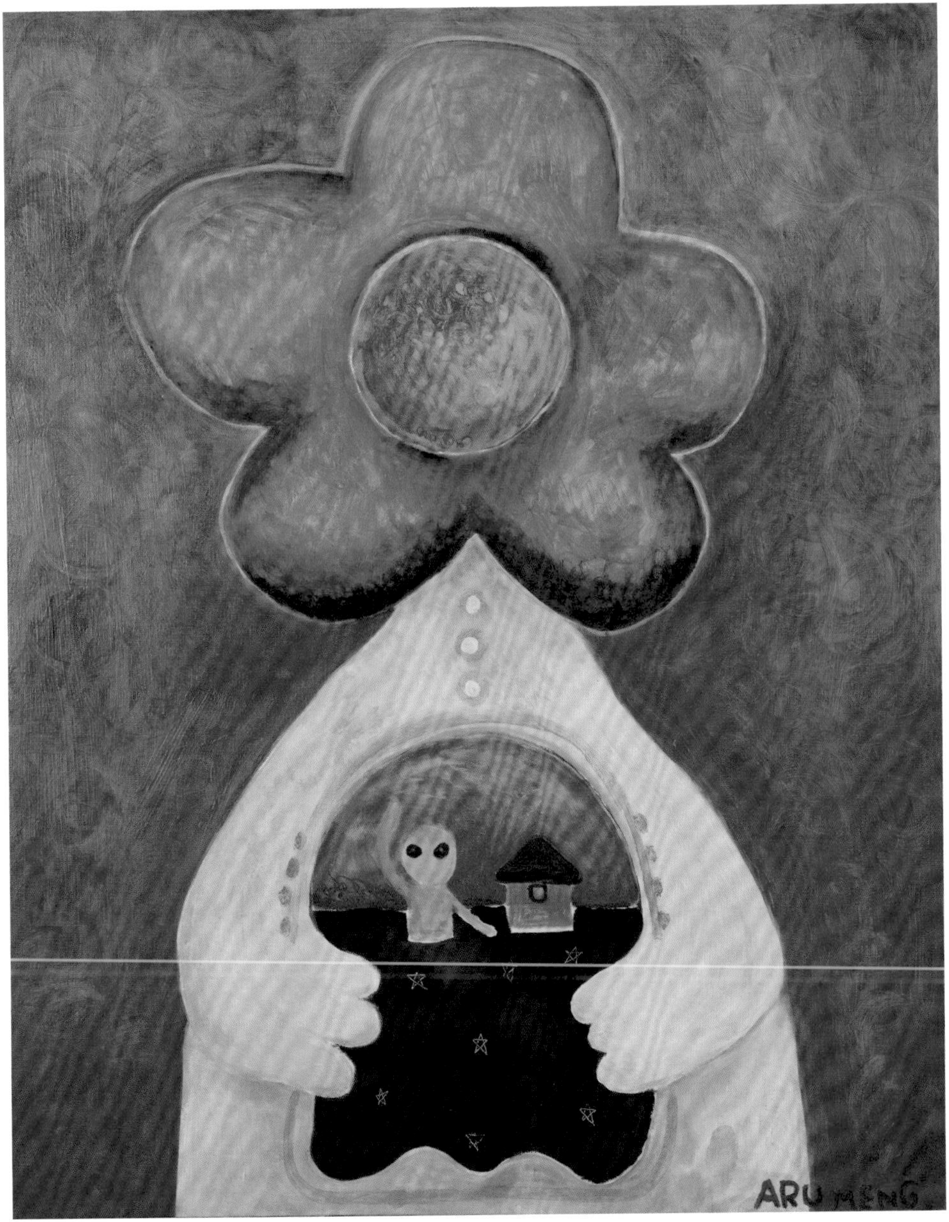
ARU MENG

，

你不需要遺忘
你也無法遺忘
但你可以

想像

想像悲傷是你通往他的途逕
而與悲傷共存
就是你我之間的聯繫

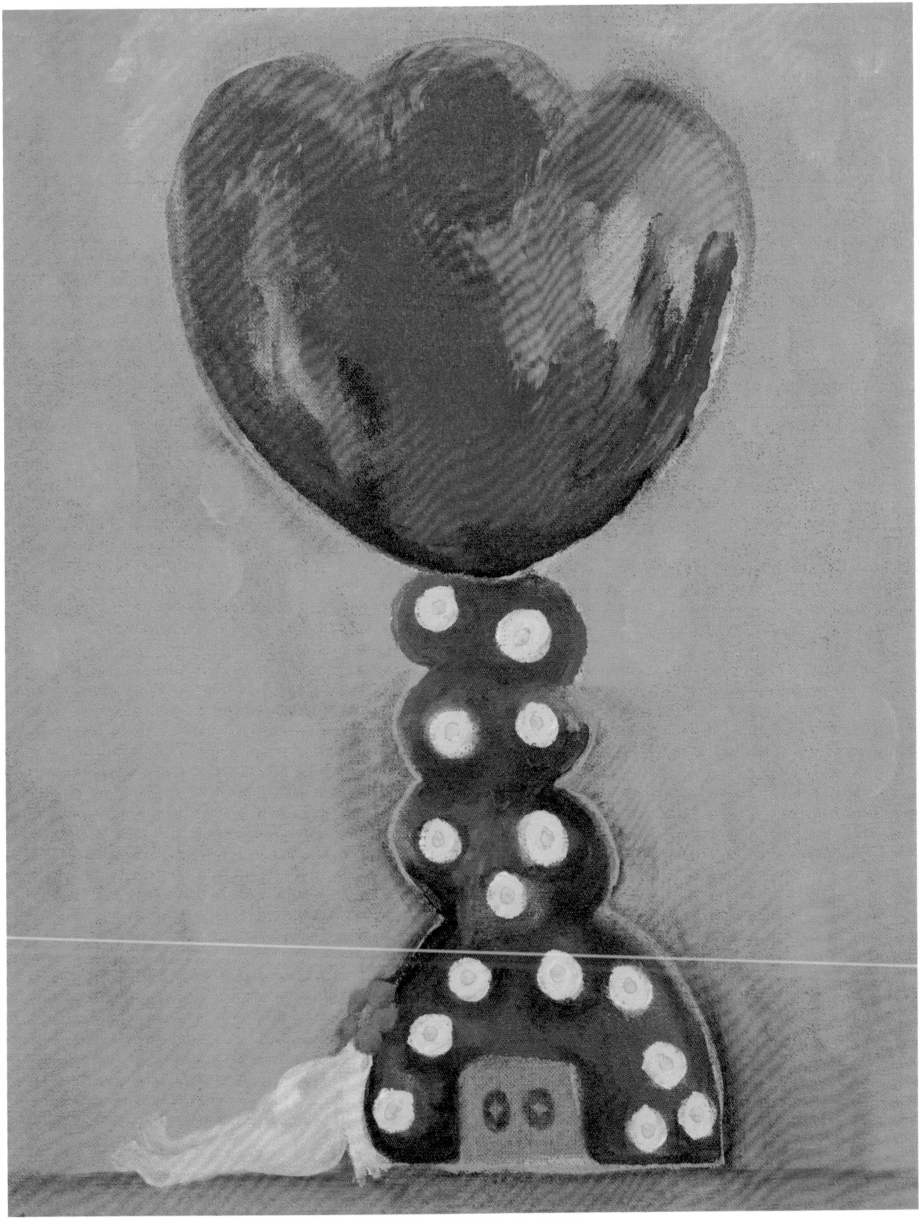

步驟3

上藥

用紗布或棉棒輕輕地按壓傷口，
塗上抗生素軟膏或敷料，
最後再依照傷口大小覆蓋上OK繃。

我在畫前愣了很久
我在想我要用你當時的情緒畫下去
還是想像你現在的樣子畫下去
我決定用快樂自在的你繼續畫

好像你跟我一起握著畫筆
我們一起擁有這個時刻的快樂
你告訴我用黃色
我說還想加一點橘色和紅色
而且我要把我畫在你的旁邊陪著你
阿如有時候是你
有時候是我
你想要他是誰就是誰
只要把你的情緒放進去就都成立

我想幫你加一點花
而且花蕊一定要有一點螢光
你現在一定有遼闊的景色
我們一起抖著腳
一起看夕陽浪花

我們在這個時刻擁著彼此
擁著全世界
對這是德他畫到一半的畫
我想把他完成
就像是我們共同擁有的作品
我要跟他說
你是樹　你是海　你是花
你是中間那扇門
你在我們的心中

ARU MENG/KT

我們曾經以為那個心裡的黑洞
是永遠不能撫平的悸動
我們不一定會痊癒
但你會覺得好些了

什麼都沒有了
像挑戰疊疊樂一般
抽掉了最重要的那塊——

全垮了

你以為什麼都沒有了
但只要再立起一塊
你就什麼都有了

愈步上軌道
愈開始懷疑
懷疑自己的記憶

某天搬家時
你把那倚著牆的櫃子移開
才發現斑白的牆面有著你難過時踹留的鞋印

你沒忘
你只是找到了與他相處最好的方式

穿著你的鞋印
會有往前踏步的勇氣

我開始喜歡這種感覺
我開始喜歡回想那些美好的時光
我開始喜歡想著你時心臟那種說不出來特別的跳動
我開始喜歡不珍惜自己的眼淚
因為這是我距離你最近的時候

張開眼你在外太空
閉上眼你在我心中

步驟4

痊癒

耐心地等待傷口癒合，
結痂後可能會留疤。
較嚴重的傷口可能會使末端神經輕微受損，
此為自然現象，按壓後即能舒緩不適。

治癒是什麼

像是在天花板的夾層裡翻到了爸爸的舊相機

泛黃生鏽得完美

我們不可能變回從前了

但　喀擦

相機還能用

還能拍出那沒有焦距又清晰的眼瞳

甚至會有片刻忘記曾經發生過

那些我們以往放大到不行的傷口
開始小得微不足道
甚至會有片刻忘記曾經發生過

你發現這世界哪還有什麼傷得了我

我才發現
治癒沒有終點

那只是個練功打怪的過程
是個停下腳步的過程
是淬煉出更好自己的過程

當你褪下了軀殼

我看到一道長長的疤

「這是我車禍時的疤」

「這是我被熱水燙傷的疤」

「這是我開刀後的疤，因為受傷我變得更勇敢」

我們都有值得炫耀的疤

「嗨，這是我弟弟離開時，留在我心上的疤」

ARU MENG 2020

CHAPTER

02 眷戀

任何關係都像種花，需要播種、發芽、施肥，
還要悉心保養才得以開花。

愛戀的種子總會無預警地在心中播下，
不必探究是誰先播下種子，或是可能長成什麼樣子。
我們灌溉以愛，開花時就彼此芬芳。

步驟1

播種

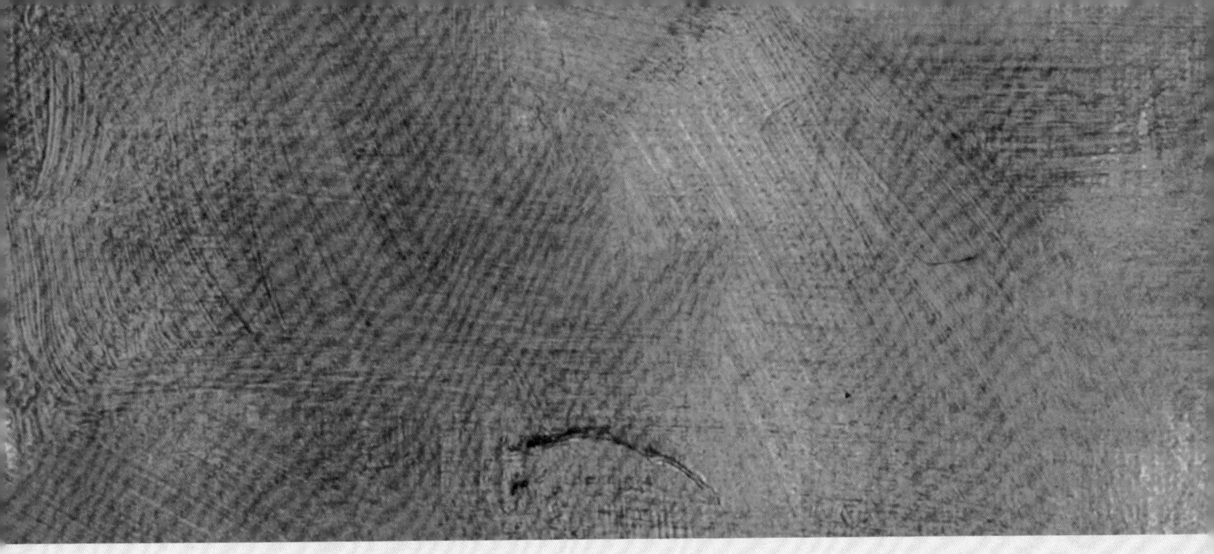

將種子放進土裡並以土覆蓋，靜待其發芽。
為了避免因為營養過剩而導致發芽失敗，
在此期間請先不要施肥。

搞不清楚這樣的突如其然

通常在那一瞬間開始生根

不需要任何催化劑

「早安！」

自然地一張眼就想跟你說

不必去探究是誰選了誰
我們之間像是有約定好的聯繫
那種可以不求回報的決定

在某月／某日／某時／某分／某秒／某片刻
就注定著灑落時你眷養我
開花時我溫暖你

RUMENG

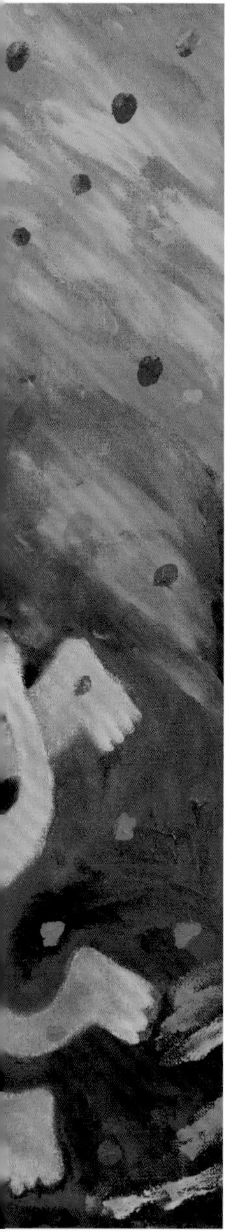

像是雜草般隨處生長
有幾簇落也有幾簇在狂風暴雨時依舊長得堅韌

我
知道
我們是草
我們是同一種雜草

感情如同一株你不曉得會不會開的花

我們總是被這些情打亂了陣腳
愛情、友情、親情
為什麼兩天澆一次水搭配充足的陽光
依舊還是不開花

你總是一次次地搞不清楚自己為什麼這麼做
你總是在有意外的發展時感到無比地興奮

你總是在無數次地種植失敗後
仍然不受控制、鼓起勇氣地再試一次

我們總是深深地為情著迷
我們總是深深地相信感情

ARUMENG

步驟2

發芽

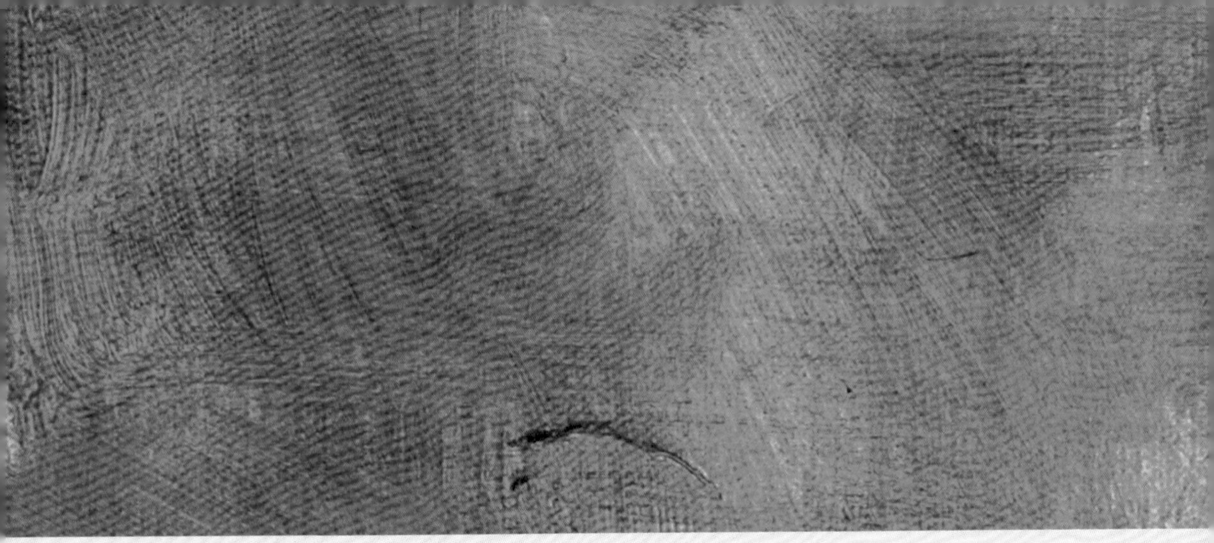

當嫩芽慢慢地冒出頭來，並長出幾片葉後，
種子內積儲的養分也差不多消耗殆盡了，
這時可以開始使用肥料促進其發育。

那天你遲到五十分鐘
撐著傘來校門口接我
說忘了幫我買我愛喝的奶綠三分糖少冰
「沒關係！」我說

那天你忘記我的生日
說對不起我還是很愛你
「沒關係！」我說

這時候不管你做什麼
「沒關係！」我都會說

像是有自體肥料般完美邂逅
做什麼都對的時候
包容力超強的時候

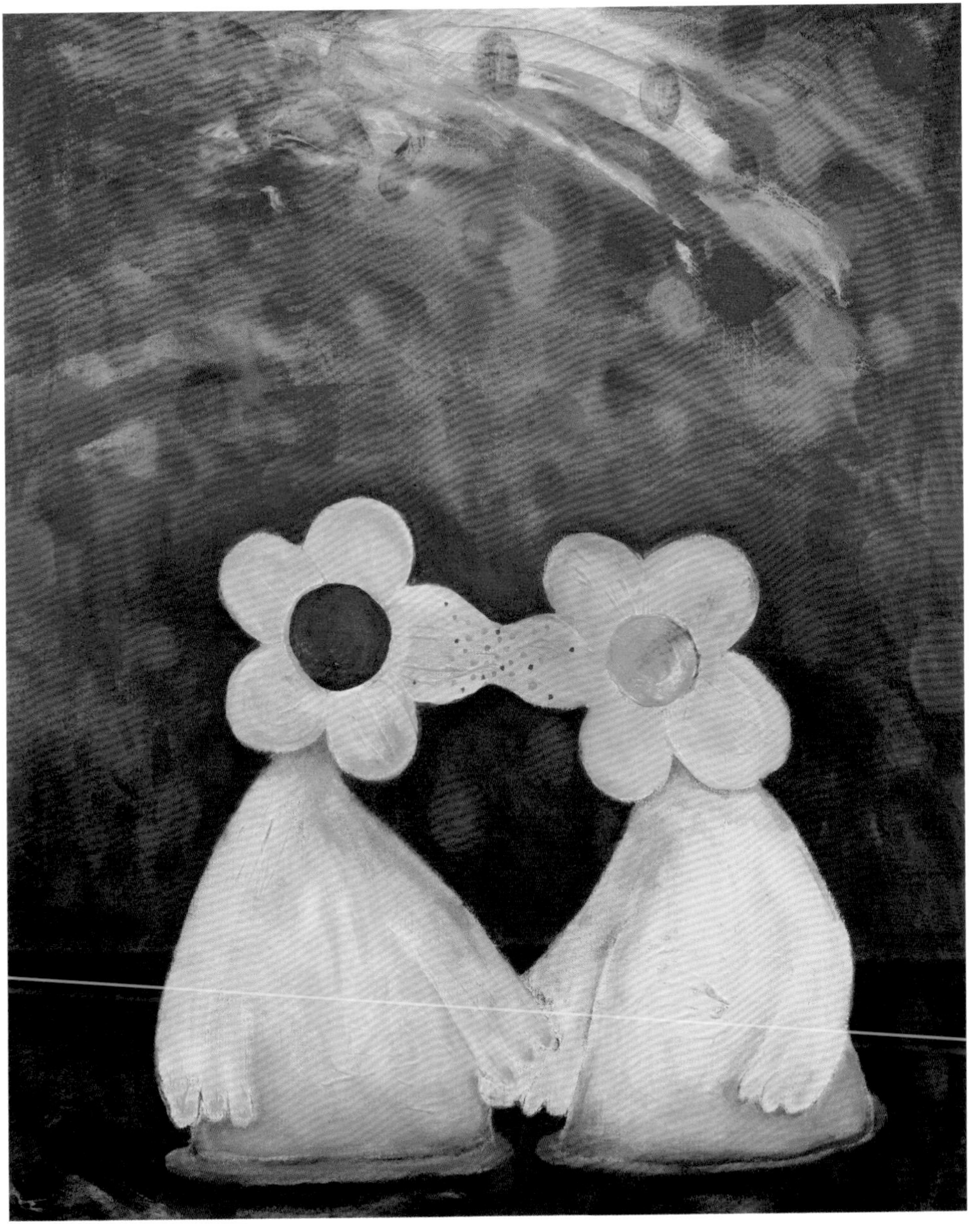

你握著我的手一起捏出你想要的黏土形狀
深怕我捏歪那些只有0.1的誤差

我有樣學樣地潛移默化
捏出小世界裡唯一的家

還記得我學姊姊有一樣的偶像
還記得弟弟說長大後想娶媽媽
就想起我也說過我要嫁給爸爸

像談戀愛一般
只要話匣子一開
沒日沒夜／哭笑都流淚
唯一的差別就是
你還知道我交過多少寶貝

像談戀愛一般
只要訊號燈一亮
隨傳隨到／肝心都不累
唯一的差別就是
你還能懂我常常消失不見

我們都有不同階段的朋友
我們都有彼此故事的拷貝

步驟3

施肥

依照不同植物的需求，
給予其適合的肥料。
若使用不適合的肥料，
可能會導致其無法開花或大量落花。

哪能要求一年四季的繁花盛開
總有哪天必須停下思考

你的或我的步調

思考你愛到口是心非
思考我愛到嫉妒心作祟
做什麼都對的你開始做什麼都不對

我記得你剛來我家的那幾天
枝枒茂盛　鑽呀鑽到我最愛的臉頰痣旁邊
呵　不過只是剛來我家的那幾天

我們太小看了神祕的磨合期
我們太小看了神秘的磨合期
唉　原來這就是無限輪迴的磨合期

這裡變成了我最討厭的地方
所有的規劃都想擺脫爸爸媽媽
而且都要在禁忌的
A時間、B地點、執行C計畫

是一種一發不可收拾的新鮮感
「我不需要這個家。」那天我對自己說
越長越快的我竄逃向這道自以為是的　光

原來
是我以為我不需要這個家
根
一直都在同個地方

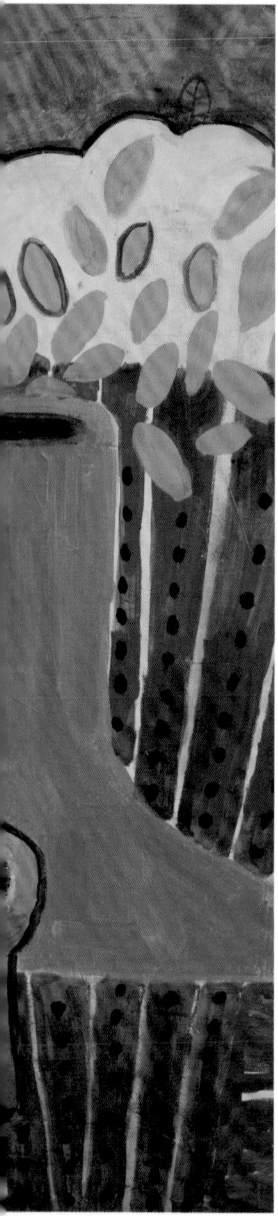

好似一雙一雙的鞋

今天穿上適合奔跑的球鞋
明天穿上適合談公事的皮鞋

我最喜歡你那低調細膩又亮眼的藍邊

鞋櫃裡有只穿過一次的橘色尖頭高跟鞋
也有穿到開口笑再拿三秒膠黏起來的帆布鞋

感情這門學問也許幾輩子我們都學不會
所以我們才一直當人類

小時候被愛情主宰
一頭熱地以為分手了世界就塌下來
每次的分開
再氣再賭爛
我們依然準備好接受下一段
愛情最容易讓我們受傷
我們不堪一擊
卻又還是拚命地找
死皮賴臉地相信愛情

長大後就會開始回想親情
我們總會有一段時間把親情拋在一旁
彷彿全世界只有自己
然後才開始修補親情
學著接受世代不同的接軌
學著體諒
學著用愛化為行動
去愛那些一直沒丟下你的他們

最讓我感到疑惑的是友情
有過好多次以為那些
一起夜衝一起爆肝一起叛逆的你們
會是永遠的友情
我才發現自己有過好多不同階段的朋友
那些不是鬧翻了
就只是漸行漸遠、生活圈不同了
奔波打拚的時候思想也開始不同了

我們一直在改變
世界一直強迫著我們改變

但我們還是好想用力抓住
那些最想留住的你們

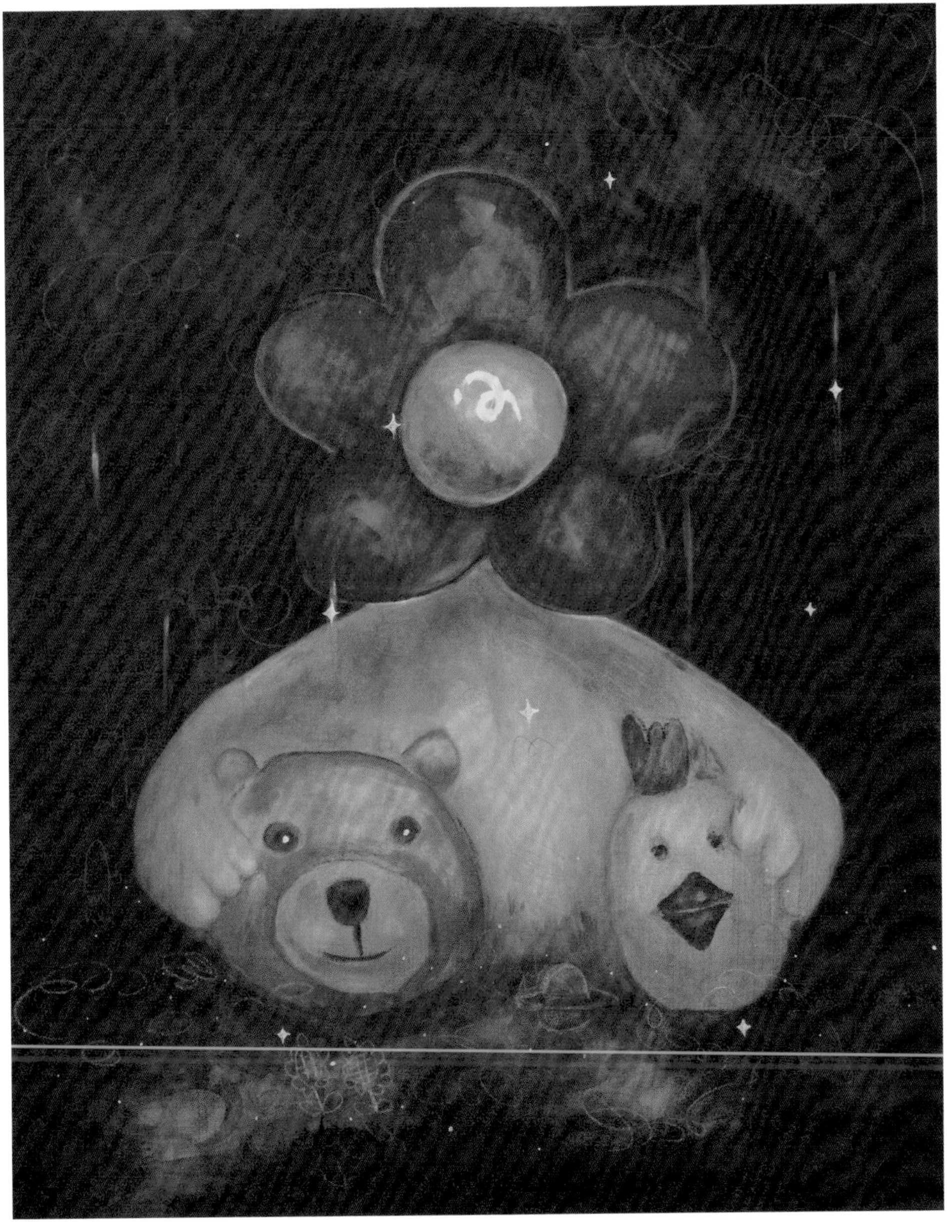

步驟4

開花結果

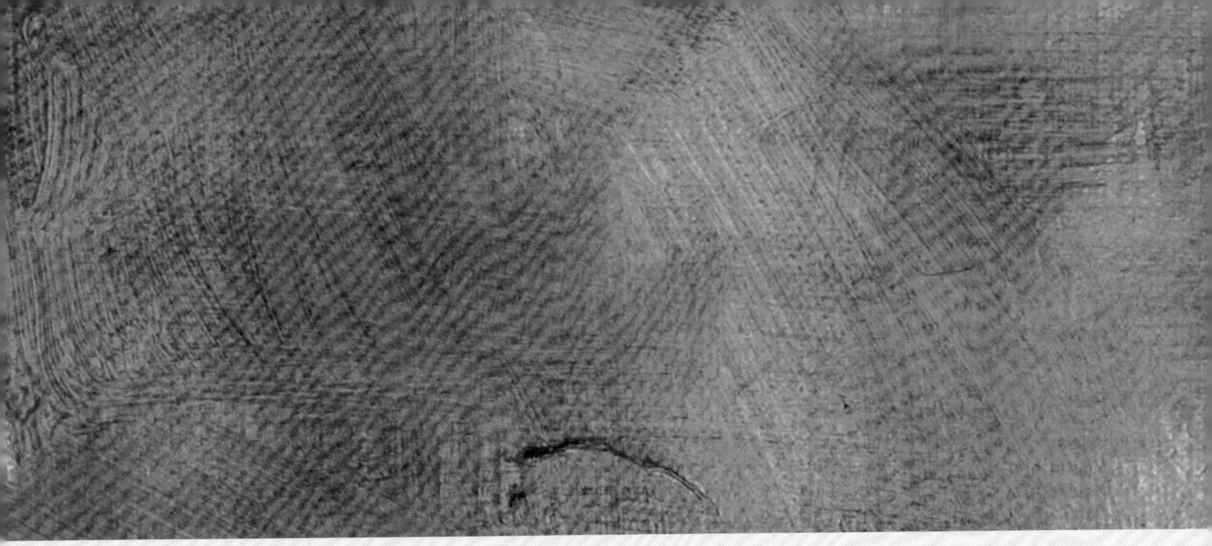

這時的植物已經進入開花結果
或枝葉茂盛的穩定期。
同時具備繁衍的能力，
請定期修剪，並給予相同的關愛。

家人像是形容詞
是種不被拋棄的感受

如同雨水滴滴落在泥濘的軟土裡
那麼不起眼地和諧
我生得那麼奇形怪狀
那麼深不可測

但能夠接受我所有樣貌的你們
我都稱為
家人不分開

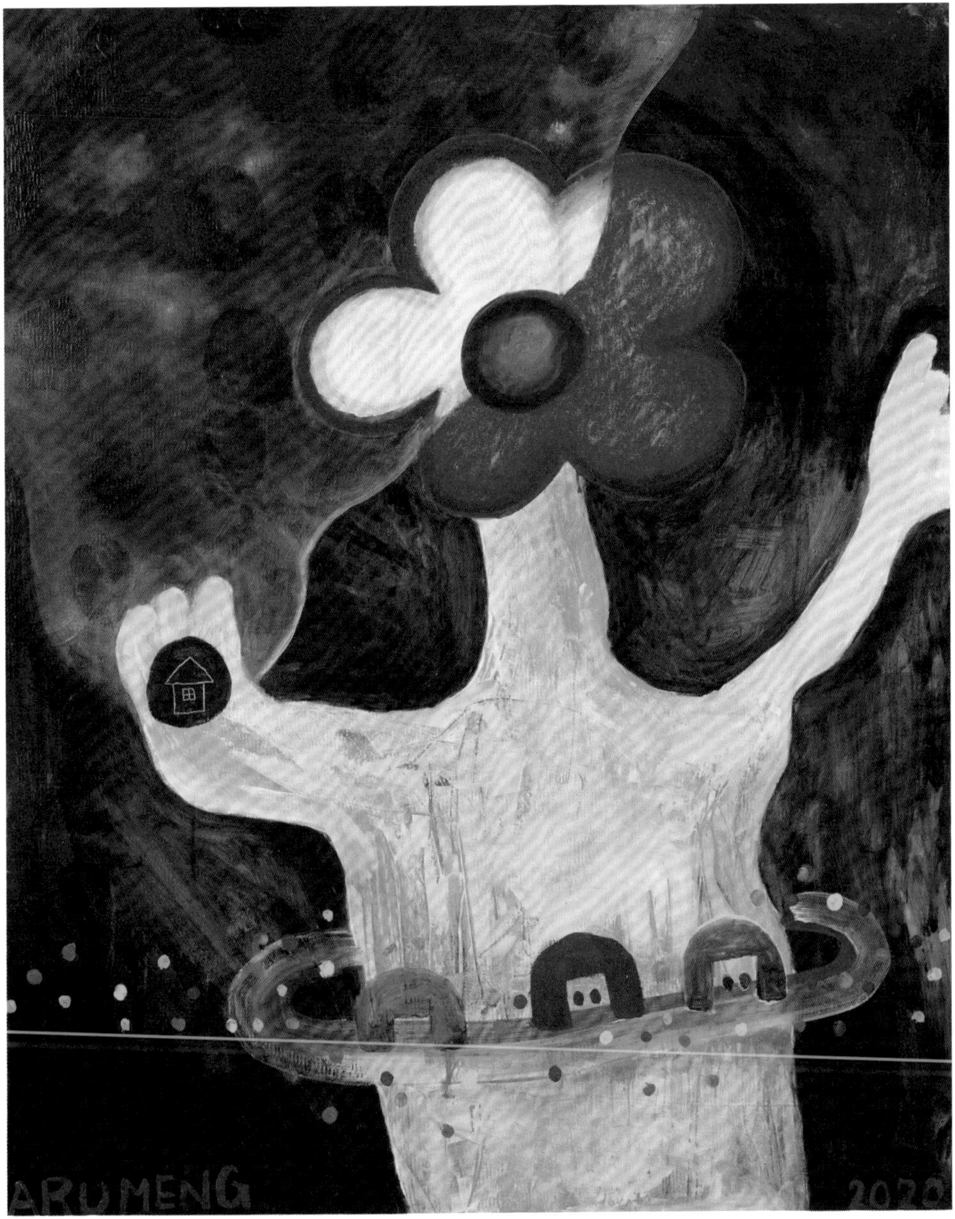
ARUMENG
2020

那天我說
「如果我再自閉下去
我就要沒有朋友了……」

你說
「留下的才是你真正的朋友：）」
灰頭土臉都要你的朋友
給了你無限光芒的朋友

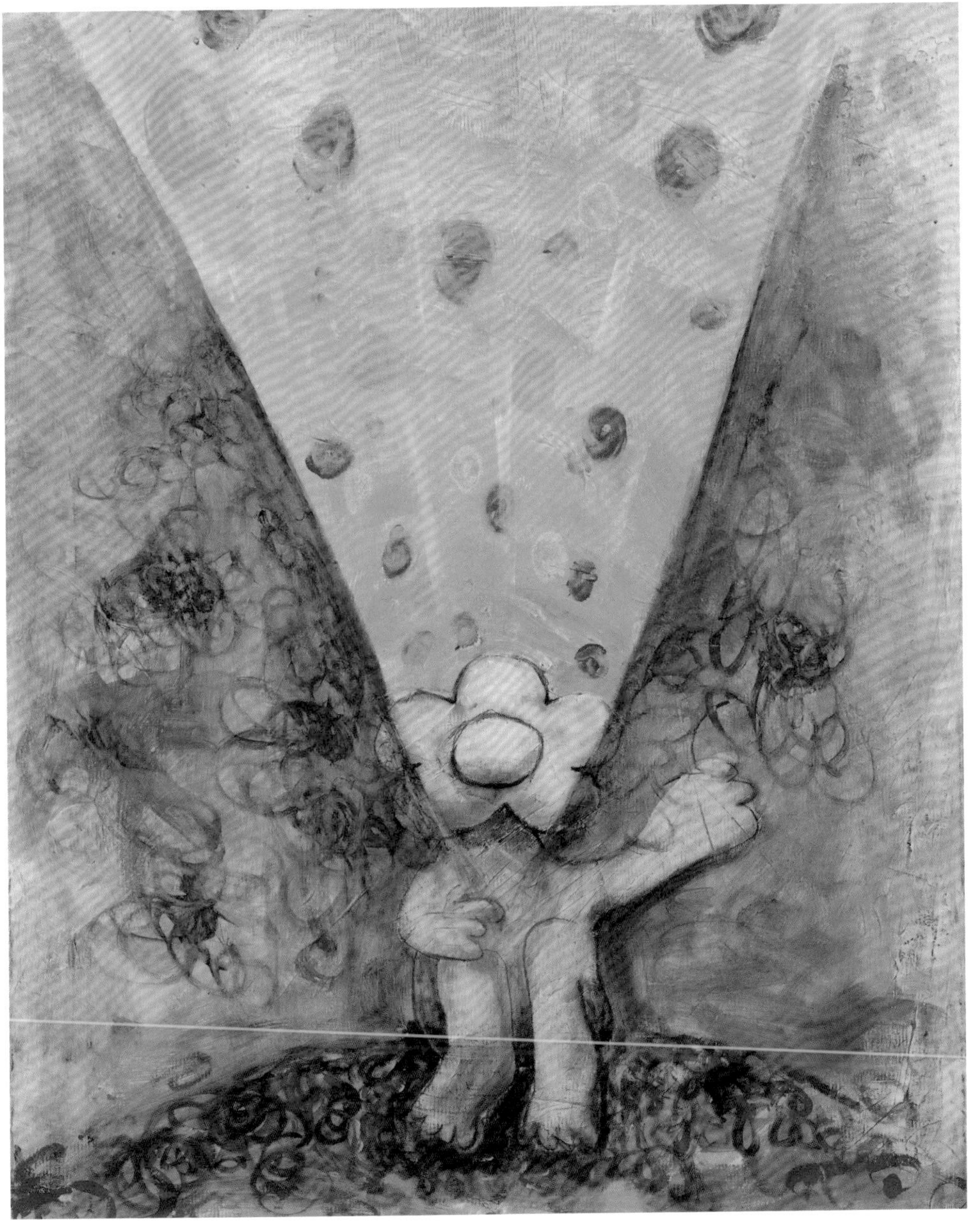

剛入口的青澀草莓甜
喉頭帶微苦
隨之而來的是安穩舒服的皮革香

還好我們還在
我們還是有差錯
還是會有摸不著頭緒的一把火
但絕對沒有動不動就提的分手

ARUMENG

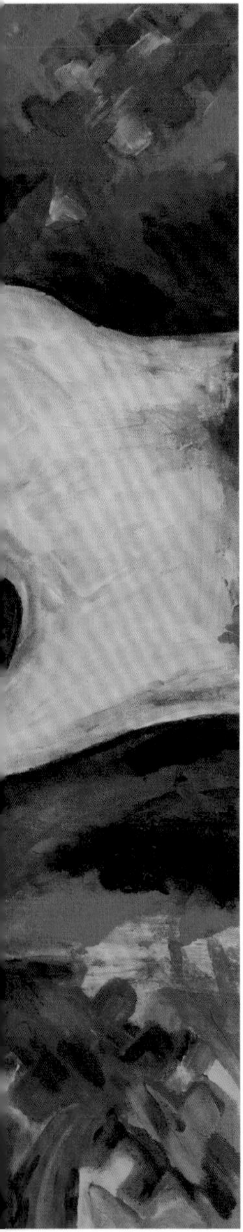

你會陪我逛你沒興趣的美術社
我會陪你逛我聽不懂的黑膠唱片
我有時會故意不洗頭一股腦湊近你的鼻孔
你有時會故意跳起不協調的舞步站在我前頭
我們的日常有時很不日常

但我們的愛情絕對新鮮

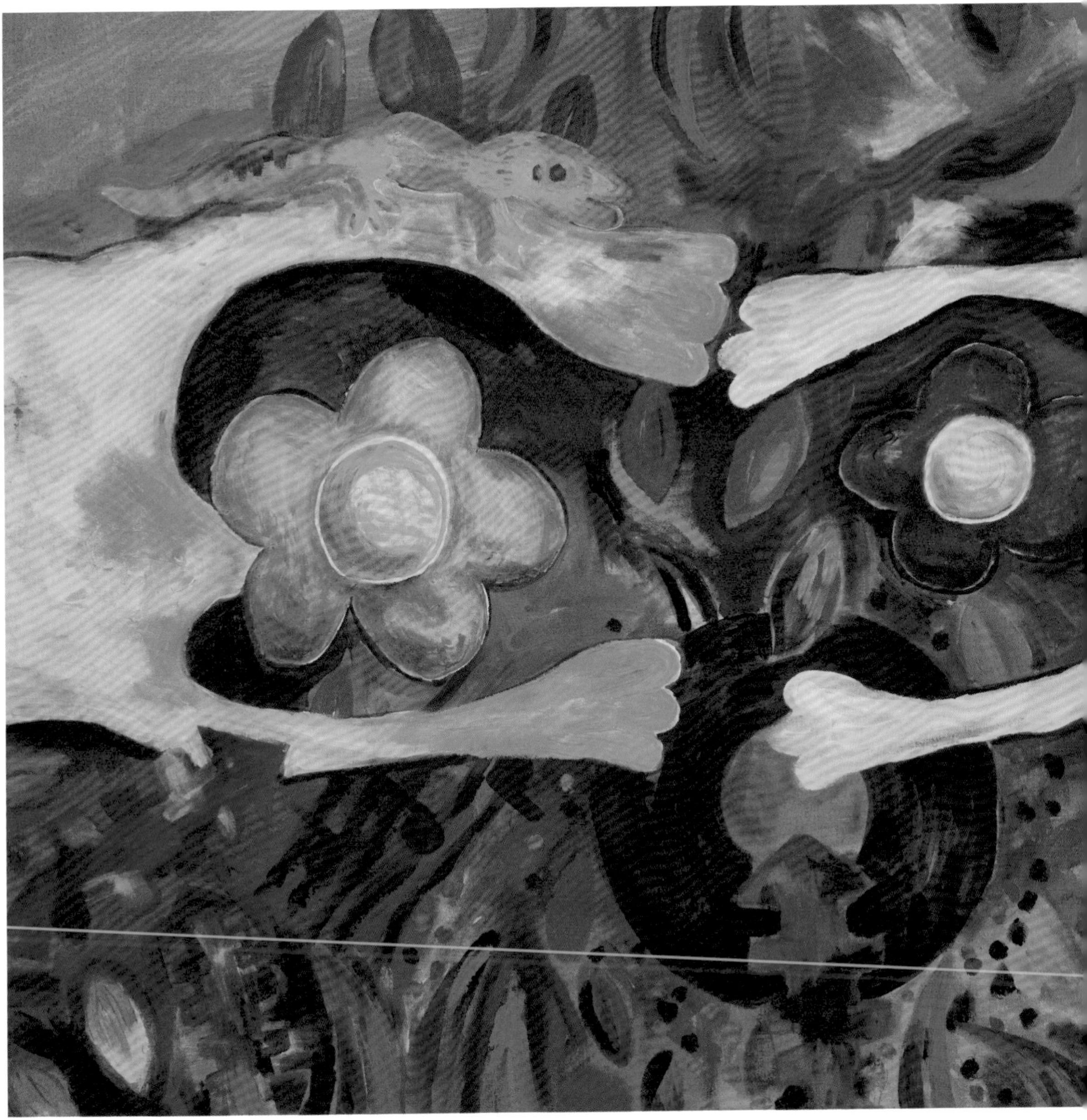

好比有天我超懷念小學媽媽幫我帶的便當
從蒸飯箱拿出來
那個已經蒸過頭的飯菜味
想念的不是那頓飯
是那撲鼻的真實感

鬆軟清爽的蓮藕湯
簡單川燙的空心菜
醬油爆炒的豬肉絲
還有隔夜的白米飯

人家渴望需要
家人也渴望被需要

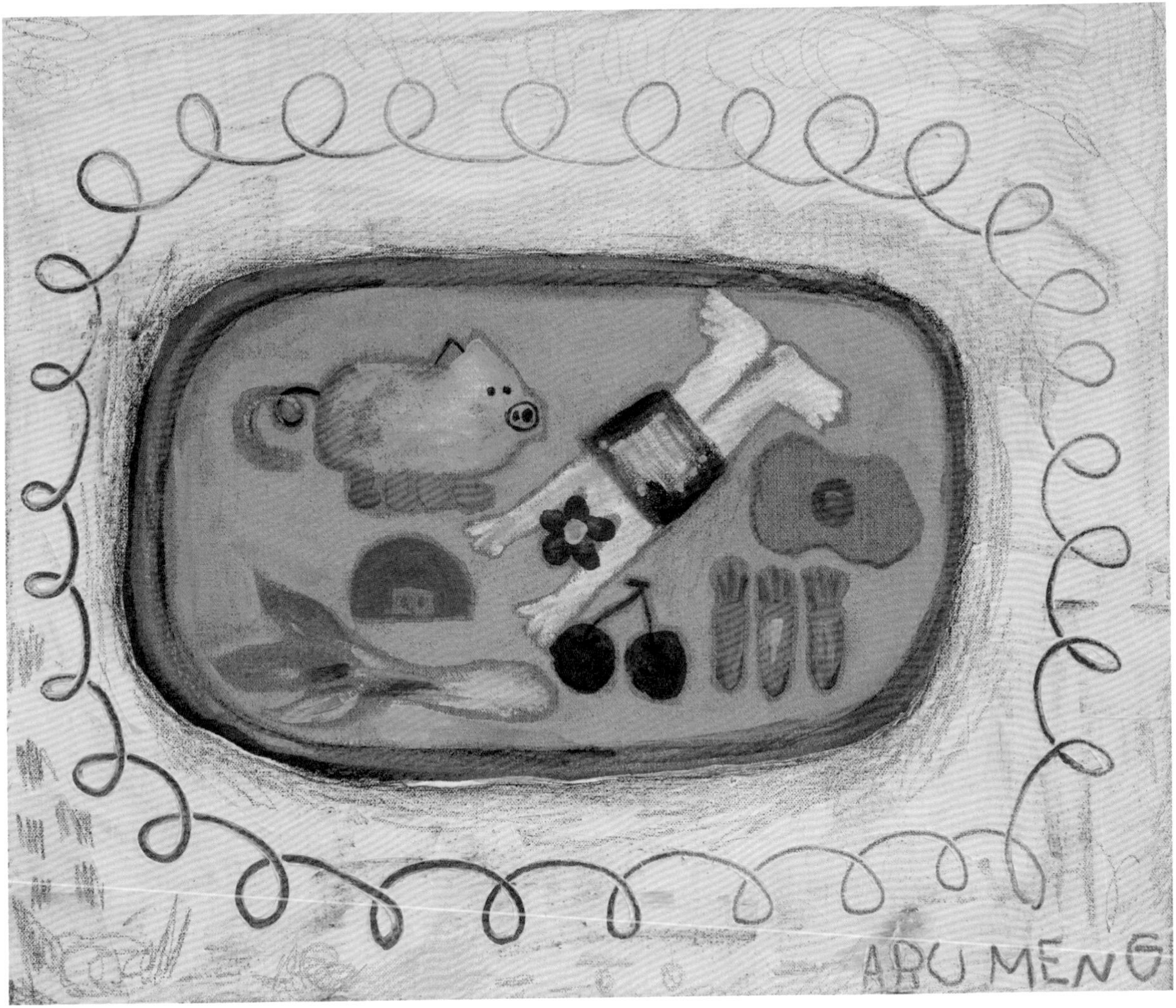
ARU MENG

我們沒想過自己被迫成為了討厭的大人
從三不五時的見面變成三五個月一次的聊天

每次聊天的高點
都是以前同樣的那些
回想小時候看大人的那些聚會
他們也內容一樣的百聊不厭

哎呀　我們果真變成了討厭的大人

雖然感嘆這世界一直都在變
但也感謝有你們一直都不變

CHAPTER

03

人生

人生有如作畫，先勾勒出線條再抹上你選擇的顏色，
那顏色可能如你預期、充滿驚喜，也可能差強人意。

你可以拿穩畫筆，以顏料打造捷徑，
不斷朝腦中的藍圖靠近。
也可以恣意地打翻一桶又一桶的繽紛，
為生活添上絢爛的色彩。

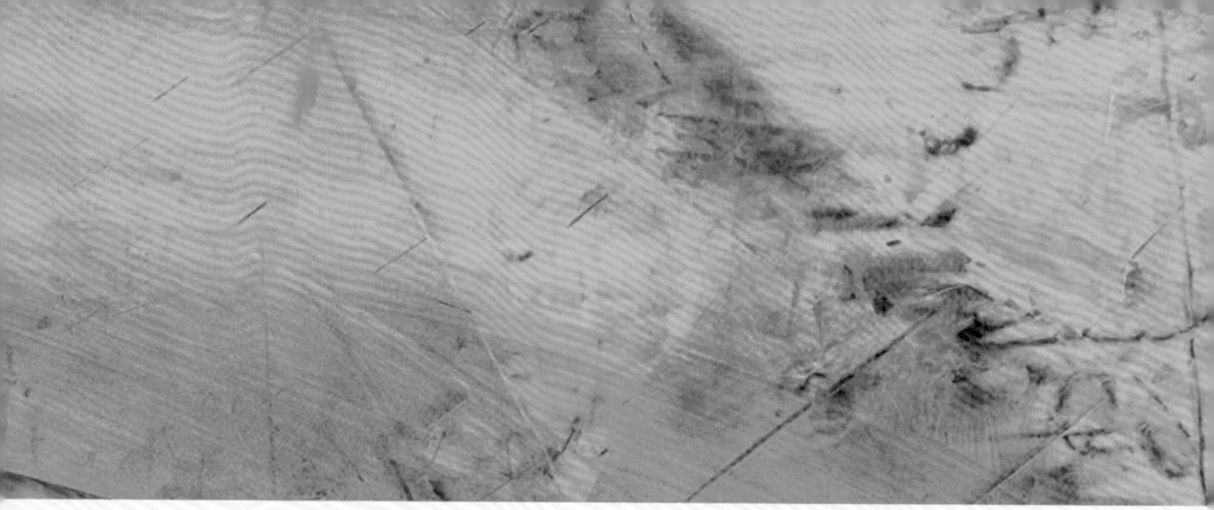

步驟1

挑選適合自己的畫布

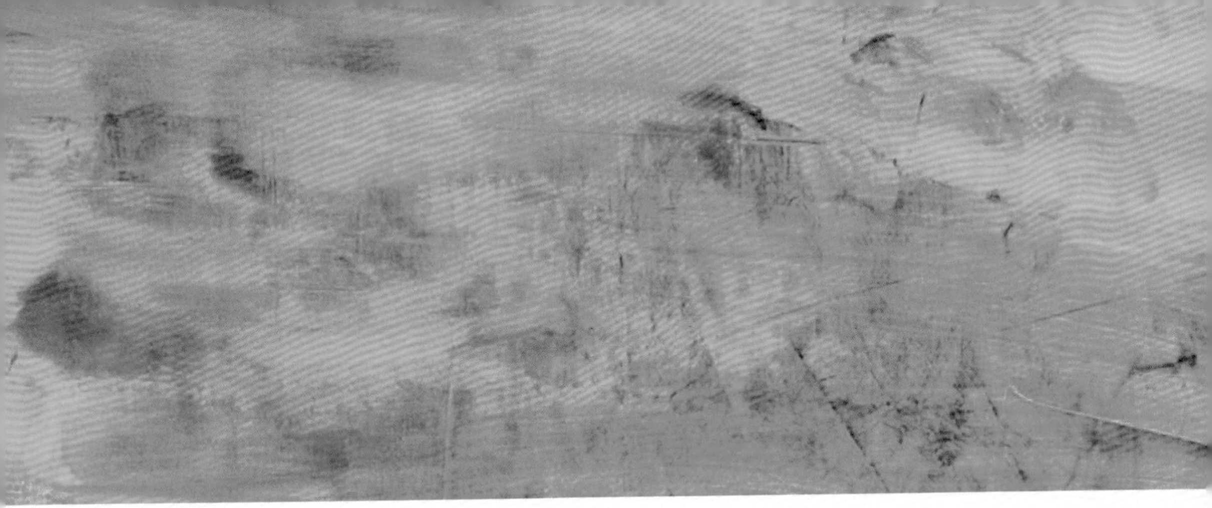

選擇一塊自己最順眼
也最喜歡的畫布。

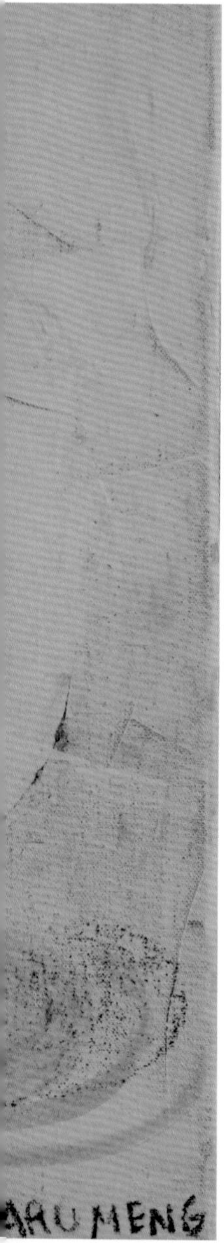

今天我在窗檯跟明天因為會下雨而茂盛的白蟻對話
我真的把他們抓進書桌的衛生紙上跟他們對話
「你們要去哪啊？」
「…………」
做什麼都沒有理由
只想滿足那長得單純的小腦袋

什麼是我們的小時候
還在用削鉛筆機的時候
摺疊機還最炫的時候
考不好想偽造爸媽簽名的時候
外頭還沒有那麼多豪宅的時候
還很笨一股腦地想長大的時候

彩色筆的前端毛毛的
紅色是最常塗的
色鉛筆的前端尖尖的
我最常畫斷的是藍色

紅色的烏龜和藍色的梅花鹿可以相遇
不用依靠世界給的定律
如果剩下淺淺藍沒用完
我就會畫淺淺藍的大隻公雞

我會用完整盒現在不可能用完的彩色筆
好懷念以前還會珍惜的小東西

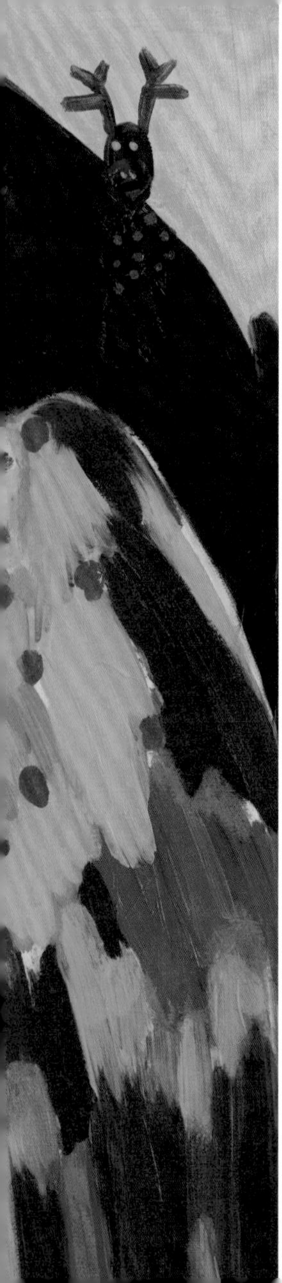

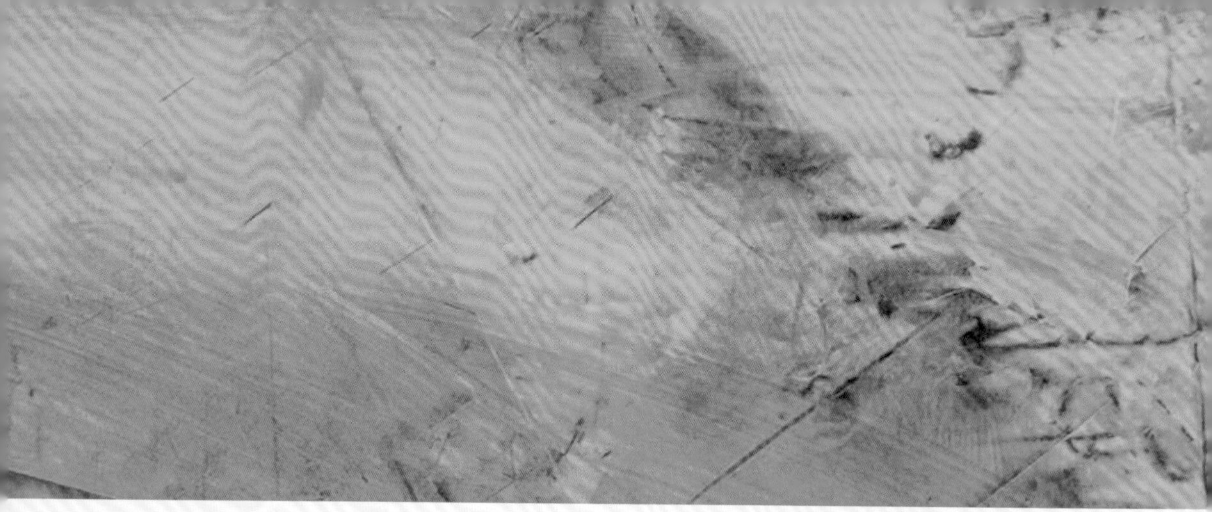

步驟2

拿起自己想要的畫筆和顏色

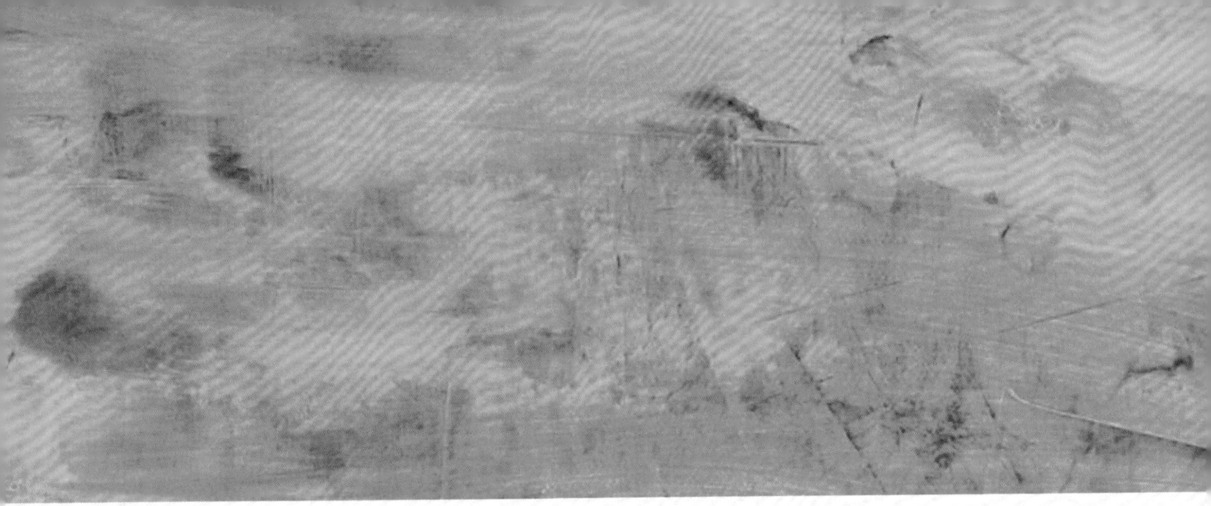

水彩、蠟筆、色筆、壓克力顏料或一支鉛筆……
我最喜歡用手指沾起顏料，
不加思索地朝畫布上面抹。

畫畫沒有固定順序、邏輯或規則。
有時畫不出自己想要的，
有時也會出現意外的驚喜，
就像在褲子口袋裡發現
中獎的發票或洗爛的巧克力糖。

我很愛強迫自己設定一些不擅長的挑戰清單

那就像是一場未知的戰役

很驚悚也很精彩

但如果我完成了

就能在我的 to-do list 上用力地打上大大的勾

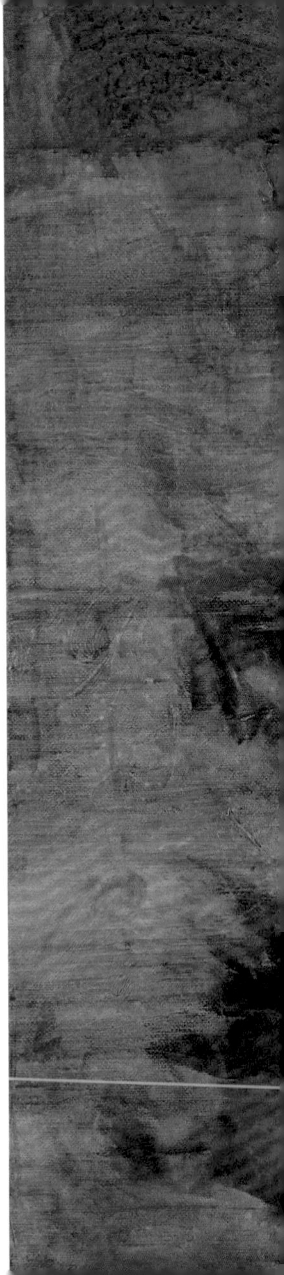

窄裙
條紋襯衫
短跟好走的方頭皮鞋

我曾幻想過自己上班的自信與魅力
從容不迫的模樣

呵　原來真的只是幻想
告訴我現實多麼狼狽不堪的幻想

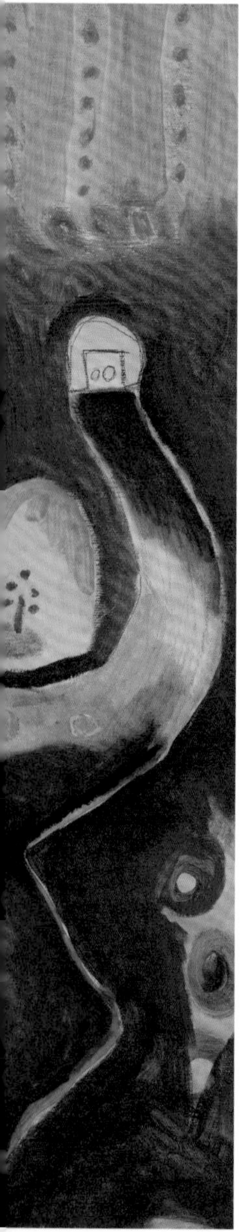

夢想／成長／一顆真誠的心
就像是畫一幅畫
只有自己能決定自己的順序

沒有步驟
沒有日期
沒有技巧
只有誠實面對自己
我們依舊還在學習

你不太確定到底這樣對不對

世界的五彩

像是在我腦袋打翻了一桶繽紛

「又打翻了怎麼辦！」

「沒關係啦，這樣很美……」

ARUMENG

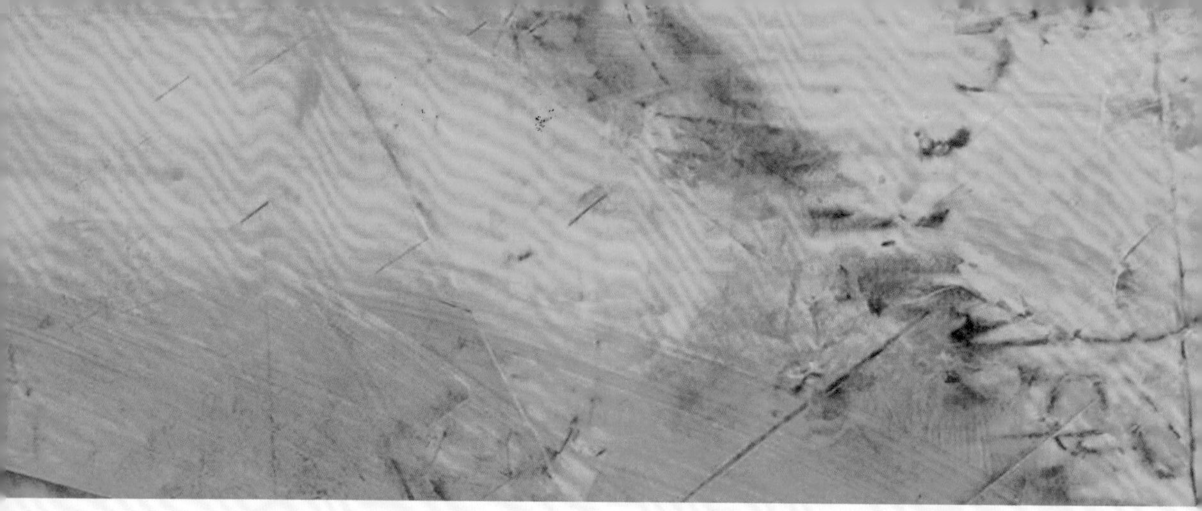

步驟3

近看再遠看，調整自己的畫

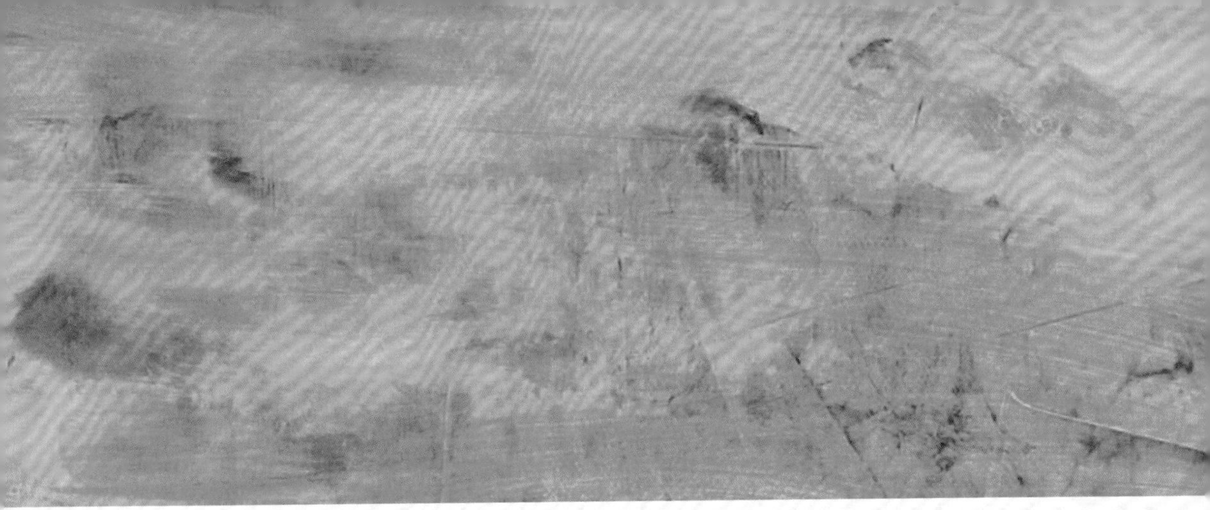

畫到不確定時，我會退後幾步，
看一看眼前這幅畫到一半的畫。

退得越遠，看得越清楚，
尤其在某個瞬間，我好像什麼都懂了……

夢想像空氣
我們靠它呼吸
卻從沒人見過它

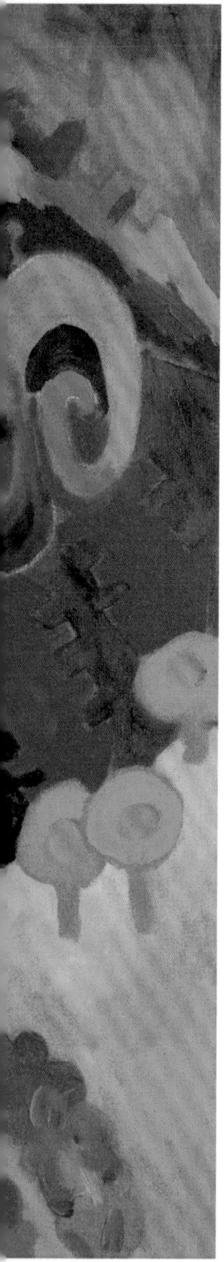

夢想

大家都寫過的作文題目
至今我還是不記得我寫了什麼
可能是老師、醫生、超人……諸如此類的吧

哪有那麼多老師
哪有那麼多醫生
甚至不可能是超人

我們都有天馬行空的夢想
我們都不懂什麼是夢想
卻一輩子在追逐夢想

哀聲嘆氣和勇氣
唉呼唉呼的
總是把我們壓得喘不過氣

設定了七點四十五的鬧鐘
給自己五分鐘賴床
十分鐘刷牙
二十分鐘餵蜥蜴
五分鐘換衣服出發

今日：無行程
只想追隨自己的心

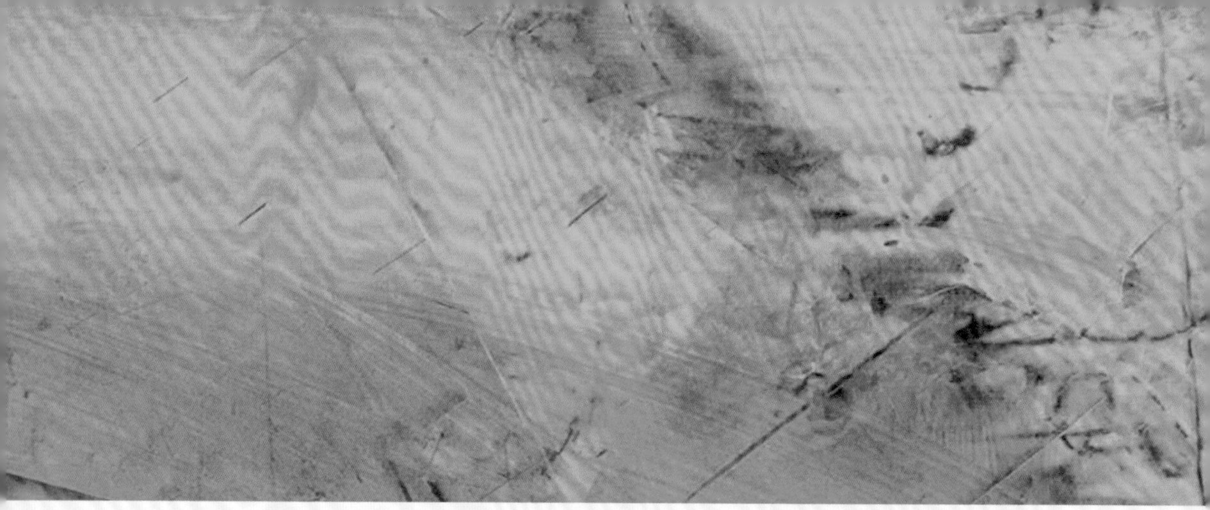

步驟4

欣賞，這幅永遠畫不完的畫

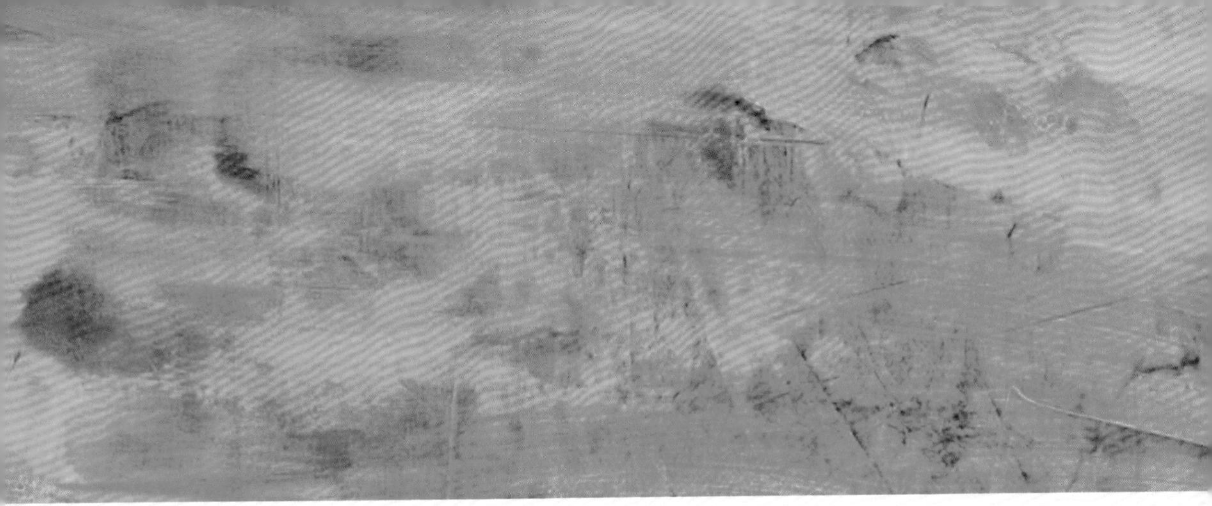

這幅畫無法畫完，除非你決定把筆停下，
除非你接受且滿意自己的現況。
總有想一修再修的細節，甚至是整個大方向……
但其實只要對作品誠實，
就足以構成最好的結尾了。

每個階段
每次情緒
每次每次的改變
都影響了我們對宇宙一切的看法

一再一再地揑塑出自己想要的樣子
這邊行不通我就補強另一邊
有時靜下來照照鏡子
開始懷疑這真的是我想要的自己嗎

我們總是不想循規蹈矩地在循規蹈矩
我們總是在奮鬥那些已知的生命結局
我們總是忽略了結果的不重要性
一而再再而三地打擊自己

但其實這些打擊、變化、反覆衝撞
才是最精彩的部分
如同與勢均力敵的對手進行的一場精彩比賽

如果可以把人生當成一場藝術的精彩演出
抽掉了世俗的勝利與失敗
那就值得我們恣意地揮灑
你的人生也能是一場藝術
沒有人有資格批判的藝術

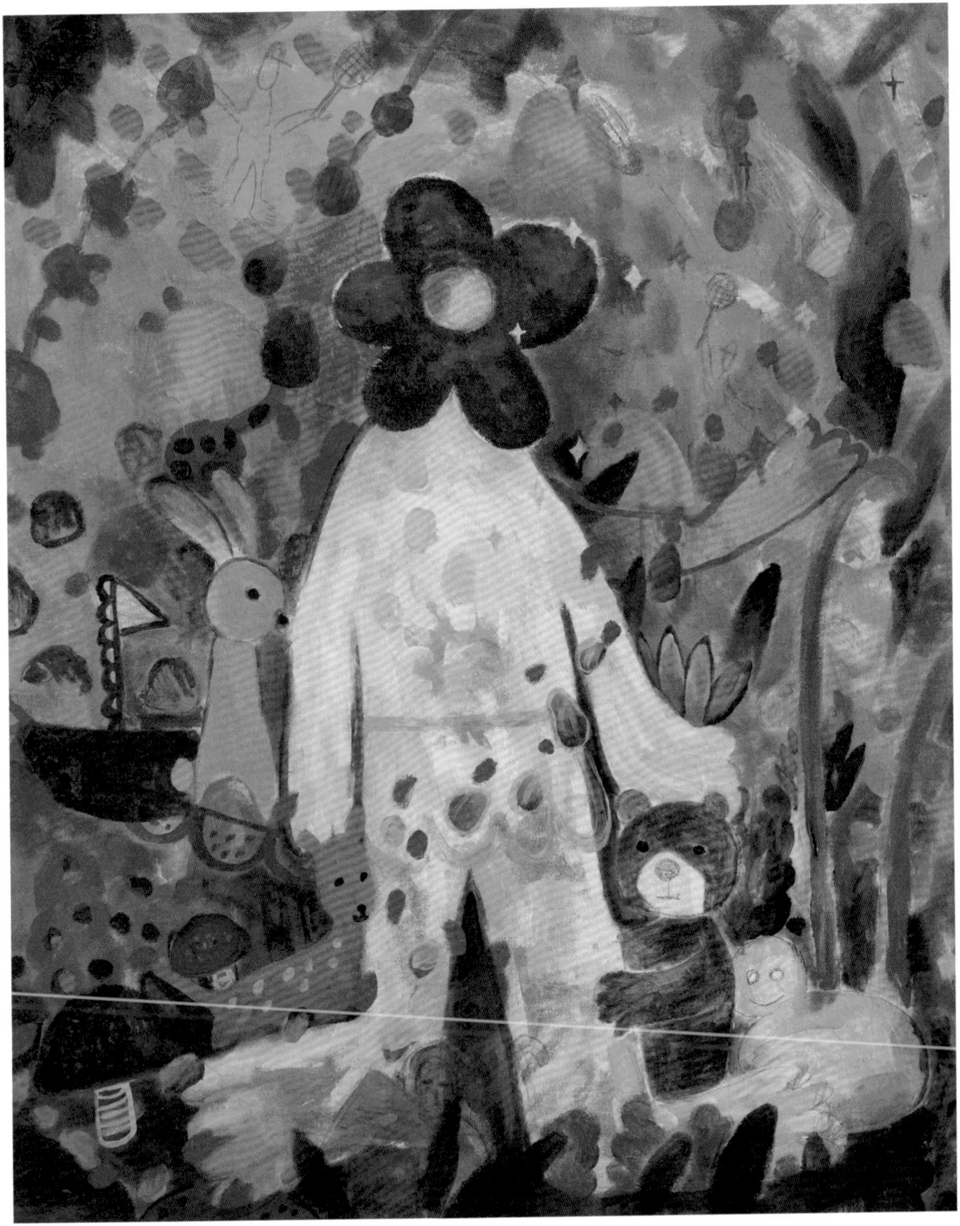

我打破了他最愛拿來吃牛肉咖哩飯的瓷碗

我應該誠實跟他說
勇敢面對自己的錯誤
也許他可以原諒我

我應該去買一個一樣的回來
隱藏這個錯誤　一切如常
也許這是個善意的謊言

要成為一個真誠的人好難
要成為一個真誠又善良的人好難

ARUMENG

真心沒有軌跡
沒有人告訴你怎麼真心

那隻可能是白頭翁的鳥
兩三天會飛到我家前陽臺的扶桑花盆栽上
他應該很真心
吧

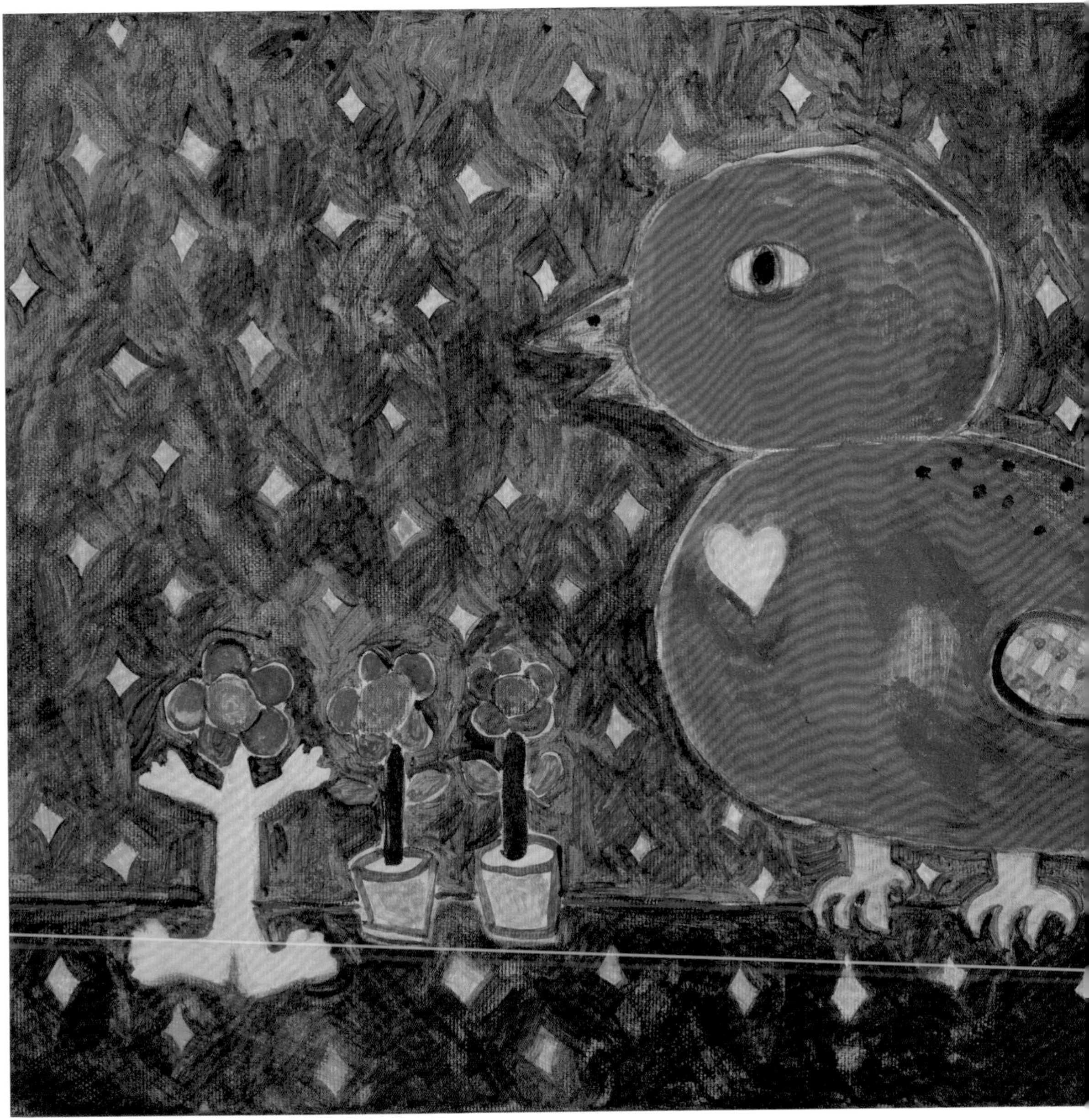

我知道你很寂寞
還有一點不知所措

夏天快結束了
學著跟寂寞牽手
這次的寂寞很溫暖

長大後不知道怎麼與世界相處
所以我越來越愛季末時的寂寞

我在心中反覆想過幾次
到底夢想是什麼
以前的夢想就是能過上物質富有的生活
然而現在的夢想越來越簡單了
做我想做的事
對我愛的人好
追求心理層面的滿足

我想要不論世界多麼現實
我都要保有自己的初衷

沒有人能夠教會你這些該怎麼做
只有心能支配你的感受

某天開始
不知道是哪一天
我覺得自己強烈地改變了
變得勇敢變得喜歡獨處
變得越來越容易感到滿足
越來越愛這個世界帶給我的變化

心
輕描淡寫地舒服……

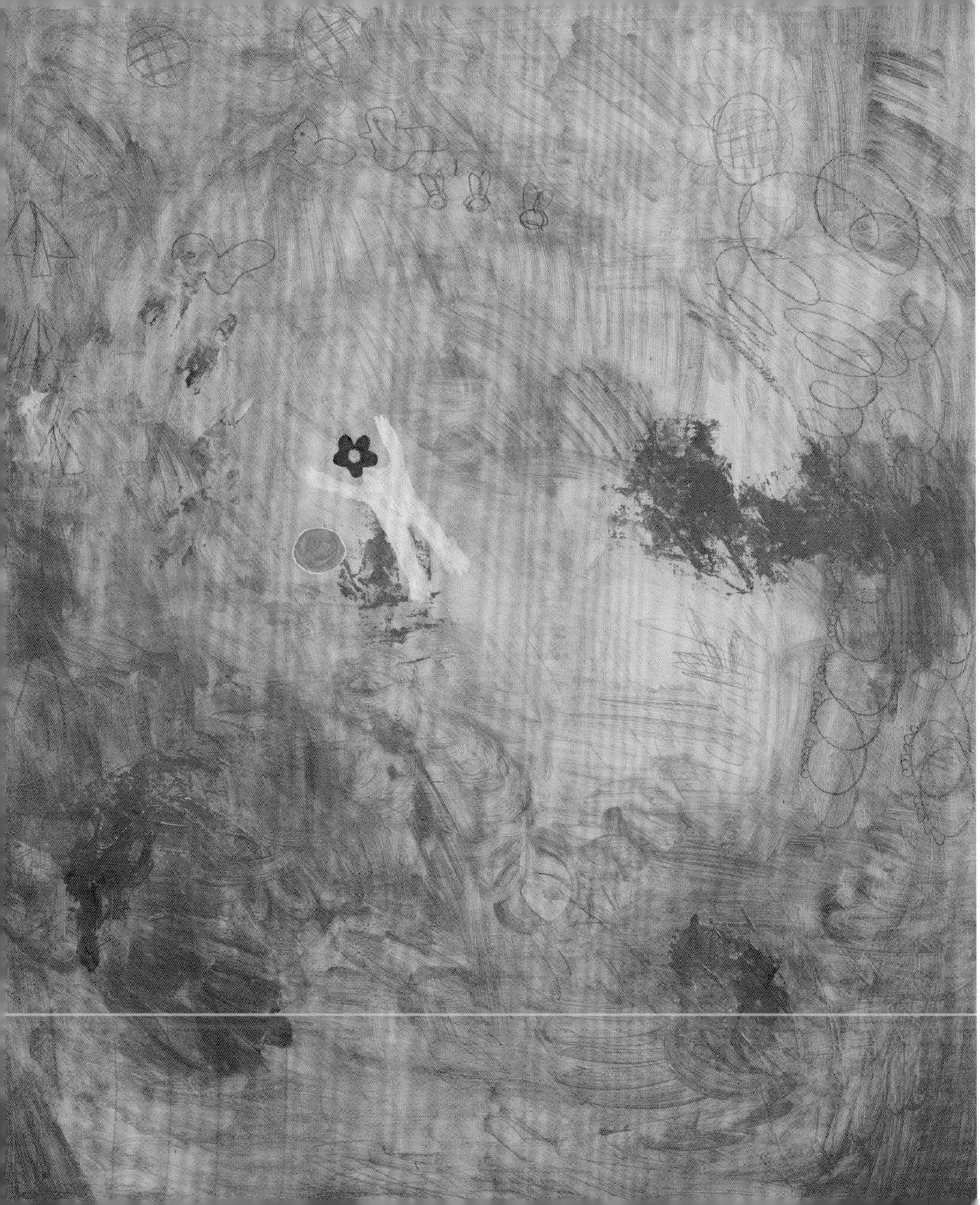

CHAPTER 04

後記

紀念自己的30歲

孟耿如 ARU MENG

還記得幾年前因為弟弟的離開，我的心彷若到了另一個從沒來過的境界，世界為我上了一堂珍貴的課程。我在撿回那些受傷的碎片時，選擇用創作療癒自己；一開始的確像是在逃避，因為我發現我在專注創作時，可以避免自己去想到過往的傷疤，但畫著畫著，我也開始感謝自己用創作記錄了時時刻刻的我，一筆一劃與情緒都在每個流動的瞬間，好讓自己沒有越陷越深。

這本書是在我傷口漸漸癒合之後，試著回頭檢視一路走來的自己，所做的圖文記錄。從受傷的那刻以為自己好不起來，到現在能夠坦然面對，甚

至可以流露出一抹微笑；就算有時還是會流淚，我也能夠全然地擁抱那個受傷的自己，勇敢地接受自己的每個樣貌。

我們都在這個世界裡跌跌撞撞，跌倒受傷真的沒關係，你甚至應該開心，因為你可以好好地站起來，就算以後再跌倒，也不著急，總有一天你可以飛越那顆石頭，甚至不用去思考怎麼不被它絆倒，你就是可以完美地經過然後亮相。

先有能力顧好自己，你才可以保護你愛的人，你才能夠真正愛你的家人、愛人和朋友，是我在這段時間深深體會到的。你甚至可以因此對於世上所發生的事情，處之泰然，然後拾起勇氣繼續往前走。

我們不需要當別人眼中完美的人，我們只需要練習接受不完美的自己，因為不完美的人生才更值得歌頌。

這本書在你用最直覺的方式讀完後，我想告訴你們我所描繪的三個章節主題——第一章節我用「傷口處理步驟」來比喻療傷的自己，第二章節用「種植物的開花過程」來比喻愛情、親情、友情的不同階段，第三章節我用「畫畫順序」來比喻人生的夢想、選擇和體驗。我想說的是，所有的故事擁有的時間軸和步驟都有一個屬於自己的循環，等時候到了，完成循環、關卡就能打勾。或許有點抽象、有點難以想像，這都沒有關係，你想用什麼方式去體會、理解這本書，都是你的選擇，就如同每個日常我們都需要做的選擇。

希望看完這本書之後，你們能夠有滿滿的思考，繼續為接下來的人生奮鬥，勇闖關卡，直到最後……

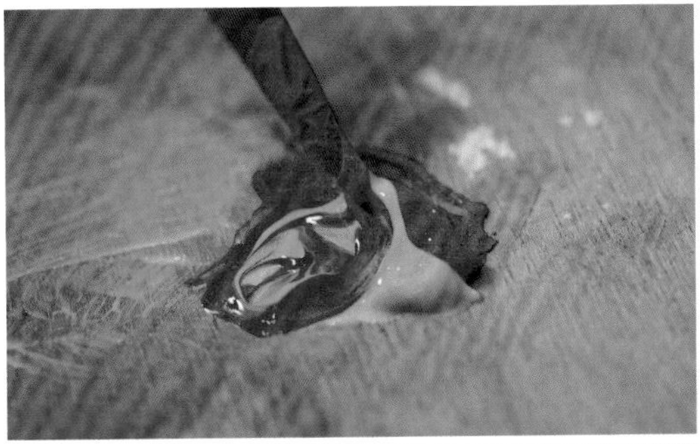

小松美羽（當代藝術家）

勇敢面對自己的感受性，誠心誠意一筆一畫描繪的畫中充滿了愛！

藝術是治癒您靈魂的良藥，相信這本書也會成為治癒您靈魂的良藥。

中村萌（當代藝術家）

她所繪製的花中，不可思議地能看出不同的表情——時而充滿喜悅，時而如身處孤獨的深淵。

感受到創作中獲得救贖般的情感，並產生了共鳴。這是能隨著她的內心一起旅行的一本書。

林昱伶（大慕影藝執行長）

藝術最能表達心靈，也是了解藝術家真實內在的最快管道，比千言萬語更直接——這是第一眼看耿如畫作的感想。

她畫中的人物猶如兒童，有著碩大的四肢、花朵般的頭顱，五官只剩雙眼……我不懂藝評，但看著她的作品，就彷彿窺見了耿如的另一面——還停留在童年時代、喜歡動手操作、有花般容顏，但對世間卻只想觀察不想多說……她的畫同時也是晦澀的，與其說她想斜槓當畫家，不如說，這是她療癒自己的方式。畫吧！沒有嘴巴的少女，只能用畫表達並療癒自己。

這是我跟作為演員的孟耿如接觸時，從未看到的一面。不鳴則已，一鳴就如此赤裸，真的需要莫大的勇氣。

妳很棒喔，耿如。

希望有更多人跟我一樣，有機會認識這樣新、這樣真實的她，鄭重為大家介紹「孟耿如2.0」出場！

蘇芸加（白石畫廊總監）

初識阿如ARU——她是位畫家，看來似乎很緊張，或許是因為她人生第一次的個人畫展即將到來。同時也認識了孟耿如——她是位藝人，還演了《女鬼橋》和《麻醉風暴》等劇片，是位道地漂亮的大明星。

過些天我去看了她畫展，天馬行空的題材，毫無邊界的想像空間，非常有趣，讓人印象深刻。發現畫中有位外星人主角，他的人頭是花朵——沒有五官，所以看不到表情，也因此無法揭露了他的心情，得由觀者自我推敲想像，不知是ARU還是孟耿如自我的心境。

看著畫中這外星人的生活點滴，活在像夢境的場景裡。他有時牽著一條線遛人頭，有時還把人頭當器皿來用。ARU的每張畫總能讓人打從心裡地開懷一笑。就像她自述：「只要對作品誠實，就足以構成最好的結尾了。」

人生就像一件作品，不管是阿如ARU或孟耿如，都已經明瞭要如何在手中的那塊畫布上揮灑。

瞿友寧（導演）

看著ARU，永遠瞪大眼睛看著這個世界的小孩，心中好奇著這個世界，卻又想躲避這個世界。她不想長大，身邊的人卻逼著她長大，然後她像被澆灌的樹，一點一點地被逼著長大。她頂著孩子般天真的面容，晃若無事地讀著畫冊，像是陪著她這幾年的成長過程，有風有雨，小樹苗還是長到了現在。雖然千瘡百孔，她還是枝葉茂盛，甚至開了美麗花朵，掩飾了自己的傷。

隨著她自我療癒的日子，這些畫和文字，也成了療癒我日常的甘露。她在樹頂召喚了太陽，告訴我們，人生努力愛，幸福就會來……

謝謝如小太陽般的ARU，希望我也能成為妳依靠的太陽！

魏如萱（歌手）

任何事件的發生都伴隨著複雜的感受，有些感覺也許要花一生的時間才能消化。

心裡的震盪及搖晃成了材料，她用創作保持客觀的距離，用圖像及語言作為一種可能的分享和意識的交換。

黑暗的睡眠會生長成花園的，在顛簸的路上，我們要勇敢地揮手！

張書豪（演員）

已經忘了第一次見到耿如是在哪裡，是白天或是黑夜，是溫暖或是涼爽。正當好像什麼都不記得時，才意識到耿如一直活在我心裡。

她是那樣質樸、那樣純淨、那樣灑脫又那樣溫暖。一直到她面對了我還未面對的關卡。得知她開始進行一些繪畫的創作，覺得挺好的。總要有個小世界，讓她好好地躲起來。

我是個好糟糕的朋友，是的，直到看到耿如的展覽那天，我才恍然大悟——耿如不是逃避，原來她是那麼地勇敢。

我們曾一起長大，一起經歷。謝謝耿如自我療癒的日子，讓我體會到日常能有歡樂，有悲傷，有執著，有存疑……是多麼地幸福，而未來這一切依然會繼續。

耿如，妳知道當妳邀請我寫段話的時候，我在想些什麼嗎？除了想著會不會寫不好之外，我還想到妳在經歷了這些之後，要把沈澱已久、凝結的溫暖力量分享給大家，並且邀請我一同參與。曾經，妳是多麼需要我們陪著，而現在，我們又是多麼幸福地被妳愛著！

黃子佼（跨界主持人）

嗯，沒想過有一天會幫老婆寫書的推薦文。站在私人的角度，我當然很清楚這本書的來歷，或過程裡的波折。況且，她還要為每張書裡的圖，創作出一幅幅真跡藝術原作，這種用心與偏執，罕見、讓人心疼，但也讓我暗自佩服。以我對她的認識，外柔內剛，要嘛堅持不做！要嘛逼瘋自己！她的世界，常常沒有模糊地帶：情緒上偏向二分法，更是理性的自虐狂。

文字呢？全部自己來？記得有一晚，她終於從創作的空間（客廳沙發）雀躍起身，看似大功告成？然後，她開始跟我分享，朗讀每篇文章給我聽。話說，她這個世代，數位科技過度發展，連過去大量閱讀文字紙本的我們，也都被一本天書——臉書，給統治了！而臉書上人人都可以是作家，也大致分成三類：搞怪派／寡言派／長篇派，但多半是前兩者居多。寫一篇有起承轉合的文章，容易嗎？何況是圖文書，不如小說般是萬字起跳，同時圖文還要搭配得精確，這是我沒敢嘗試的類型。

那晚，我在浴室裡聽完故事——那些我早就知道，甚至一起經歷過的悲歡離合。我給了一點點意見（真的只有一點點，幾乎是雞蛋裡挑骨頭的概念），但我內心非常澎湃，因為，一切超乎我的想像。放心，身為主持人一向很理智冷靜，賓主盡歡是我的追求，面面俱到是我的日常，即使是老婆的書，我也會公允地看待。

敘事簡潔扼要，但富含濃郁情感，或許，演員在詮釋角色時，就習慣全情投入？即使不是長篇大論，仍可以把情節描述得很生動，甚至有奇妙的韻腳。而充沛的感情夾帶著反覆的思考，導致我還沒看圖便已深深被吸引。或許，三十歲前的她，因為是演員，早在每部戲裡體驗了很多很多倍的各種人生，況且，她的生命歷程，經歷了我沒遇過也不想遇到的篇章……幸好，她沒有倒下，甚至，與平日與下班後的我相處，往往搞笑的也都是她。

自溺、自虐、自卑、自療，到自省、自律、自愛、自癒，這靈魂，讓我深深愛戀與著迷，而她也不掩飾地把心得體悟，幻化為一本豐富的書。至於圖呢？那一張張畫作，充滿童趣的配色線條，沒規則但絕對其來有自的構圖，其風貌不設限，題材無極限。這幾年，她以ARU這個角色，優游在藝術的領域，傳達她說不出（或不想說）的內在迴路。發展過程有許多的矛盾與糾葛，外界的眼光與內在的矜持不斷拉扯，唯一不需擔心的，是她投入時的廢寢忘食，讓旁觀的我知道這一切都是來真的，能量也都是真的，更不需叮嚀，總會進步。

每個人的心裏都有黑洞，孟耿如用畫與文字挖開自己的疤，又帶領我們一起結痂。過程不需過度解讀，只需放心跟著她，穿越生命的雜草，直到開花結果。

孟耿如

ARU MENG

不想往前，是為了給你來夢裡的空間

作　　者　孟耿如 ARU MENG

榮譽發行人　黃鎮隆
總 經 理　陳君平
經　　理　洪琇菁
總 編 輯　周于殷
企劃主編　蔡旻潔
美術總監　沙雲佩
設　　計　陳碧雲
公關宣傳　楊玉如、洪國瑋
國際版權　黃令歡、梁名儀

出　　版　城邦文化事業股份有限公司　尖端出版
台北市民生東路二段141號10樓
電話：(02) 2500-7600　傳真：(02) 2500-1975
讀者服務信箱：spp_books@mail2.spp.com.tw
發　　行　英屬蓋曼群島商家庭傳媒股份有限公司
城邦分公司　尖端出版行銷業務部
台北市民生東路二段141號10樓
電話：(02) 2500-7600　傳真：(02) 2500-1979
劃撥戶名／英屬蓋曼群島商家庭傳媒（股）公司城邦分公司
劃撥帳號／50003021　劃撥專線／(03) 312-4212
※劃撥金額未滿500元，請加附掛號郵資50元
法律顧問　王子文律師　元禾法律事務所　台北市羅斯福路三段37號15樓

台灣總經銷　◎中彰投以北（含宜花東）楨彥有限公司
電話：(02) 8919-3369
傳真：(02) 8914-5524
地址：新北市新店區寶興路45巷6弄7號5樓
物流中心：新北市新店區寶興路45巷6弄12號1樓
◎雲嘉以南　威信圖書有限公司
（嘉義公司）電話／0800-028-028　傳真／(05) 233-3863
（高雄公司）電話／0800-028-028　傳真／(07) 373-0087
馬新總經銷　城邦（馬新）出版集團 Cite(M) Sdn. Bhd.(458372U)
電話：603-9057-8822 傳真：603-9057-6622
香港總經銷　城邦(香港)出版集團 Cite(H.K.)Publishing Group Limited
電話：2508-6231 傳真：2578-9337
E-mail：hkcite@biznetvigator.com

版　　次　2021年09月1版1刷　Printed in Taiwan
I S B N　978-626-308-495-7

國家圖書館出版品預行編目（CIP）資料

不想往前，是為了給你來夢裡的空間／孟耿如作. -- 1版. -- 臺北市：城邦文化事業股份有限公司尖端出版：英屬蓋曼群島商家庭傳媒股份有限公司城邦分公司尖端出版行銷業務部發行, 2021.09

面；　公分

ISBN 978-626-308-495-7（平裝）

863.55　　110007772